ШКОЛЬНАЯ БИБЛИОТЕКА

ШКОЛЬНАЯ БИБЛИОТЕКА

Д. Н. Мамин-Сибиряк

1852—1912

ШКОЛЬНАЯ БИБЛИОТЕКА

Д. Н. Мамин-Сибиряк

АЛЕНУШКИНЫ СКАЗКИ

Рассказы и сказки

Художник В. Черноглазов

МОСКВА
«ДЕТСКАЯ ЛИТЕРАТУРА»
2010

УДК 821.161.1-3
ББК 84(2Рос=Рус)1-44
М22

Предисловие
Т. Д. ПОЛОЗОВОЙ

Мамин-Сибиряк Д. Н.

М22 Аленушкины сказки : рассказы и сказки / Д. Н. Мамин-Сибиряк ; [предисл. Т. Д. Полозовой] ; худож. В. Черноглазов. — М. : Дет. лит., 2010. — 272 с. : ил. — (Школьная библиотека).

ISBN 978-5-08-004677-3

В книгу замечательного русского писателя входят известные, полюбившиеся читателям рассказы и сказки: «Емеля-охотник», «Зимовье на Студеной», «Приемыш» и другие, а также цикл «Аленушкины сказки».

Для среднего школьного возраста.

УДК 821.161.1-3
ББК 84(2Рос=Рус)1-44

ISBN 978-5-08-004677-3

ПОМОЧЬ НУЖДАЮЩЕМУСЯ — НАЗНАЧЕНИЕ ЧЕЛОВЕКА!

«Детская книга — это весенний солнечный луч, который заставляет пробуждаться дремлющие силы детской души и вызывает рост брошенных на эту благодатную почву семян», — пишет Д. Н. Мамин-Сибиряк (1852—1912) в книге очерков «Из далекого прошлого».

Коренной уралец по рождению, он любил свой край с детства до последних дней жизни. Знал, чувствовал, ощущал близость к загадочной и суровой природе Урала, ценил твердость характера, выносливость земляков, гордился душевной привязанностью к ним. В его письме к брату-студенту читаем: «В каждом деле важна прежде всего точка опоры, известная почва под ногами... Родина — наша вторая мать, а такая родина, как наш Урал, тем паче. Припомни «братца Антея» и русских богатырей, которые, падая на сырую землю, получали удесятеренную силу. Это глубоко верная мысль. Время людей-космополитов и всечеловеков миновало, нужно быть просто человеком, который не забывает своей семьи, любит свою родину и работает для своего отечества». Эту же мысль утверждает писатель и в письме маме: «Будем жить так, как велит нам наша совесть, наш долг, наша любовь к людям и самое горячее сочувствие к человеческим страданиям...»

Родился Дмитрий Мамин в Висимо-Шалтанском заводском поселке, в сорока километрах от Нижнего Тагила (в то время эта территория входила в состав Верхотурского уезда Пермской губернии), в семье священника заводской церкви. Семья была культурная.

Книга была в ней не прихотью и не забавой, а предметом первой необходимости. Имена Карамзина и Крылова, Аксакова, Пушкина и Гоголя, Кольцова и Некрасова, Тургенева и Гончарова были здесь близкими и дорогими и детям, и взрослым. А еще все любили природу Урала. Она вливалась в душу с детства и в течение всей жизни согревала, вдохновляла, помогала не растерять привязанность к родному краю, к Отечеству.

«Милые далекие горы, — вспоминает Дмитрий Наркисович уже в конце жизненного пути. — Когда мне делается грустно, я уношусь мыслью в родные зеленые горы, мне начинает казаться, что и небо там выше и яснее, и люди такие добрые, и сам я делаюсь лучше. Да, я опять хожу по этим горам, поднимаюсь на каменные кручи, спускаюсь в глубокие лога, подолгу сижу около горных ключиков, дышу чудным горным воздухом, напоенным ароматами горных трав и цветов, и без конца слушаю, что шепчет лес».

В своих рассказах, сказках, очерках Д. Мамин-Сибиряк рисует жизнь ребенка из бедной семьи, ребенка-сироты: «Кормилец» (1885), «В ученье» (1892), «Вертел» (1897), «В глуши» (1896), «Богач и Еремка» (1904), «Зимовье на Студеной» (1892), «Емеля-охотник» (1884) и другие.

В первом из названных рассказов двенадцатилетний мальчик, единственный кормилец семьи, гибнет, став жертвой тяжелых условий фабрично-заводского труда. Подлинная драма детской жизни раскрывается в рассказе «В ученье». Деревенский мальчик Сережа, оставшийся сиротой, попадает в город, в сапожную мастерскую, к чужим жестоким людям. Убийственное впечатление производит мастерская, помещенная в подвале: сыро, холодно. Первая мысль Сережи — убежать в деревню. «Маленькое детское сердце сжалось от страшной тоски по родине. Сережа мысленно видел свою деревенскую церковь, маленькую речку за огородом, бесконечные поля, своих деревенских товарищей».

Трагична участь Прошки в рассказе «Вертел». Этот худенький, «похожий на галчонка» мальчик работает круглый год в шлифовальной мастерской, тесной и темной. Он — маленький каторжник. Здесь в воздухе носится наждачная пыль. Сюда не попадает солнце. Заветная мечта Прошки — уйти туда, где «трава зеленая-зеленая, сосны шумят вершинами, из земли сочатся ключики, всякая птица поет по-своему». Он ощущает природу, но не знает человеческого тепла. Воображение мальчика рисует желанные, близкие его душе картины. Прошка подобен механизму. Он как будто неотделим от колеса, стал его элементом. Сначала мальчик возненавидел колесо, которое вынужден вертеть целый день, потом стал ненавистным хозяин, Алексей Иванович, ведь это он придумал страшное колесо. «Когда вырасту большой, — раздумывал Прошка за работой, — тогда отколочу Алексей Ивановича, изрублю топором проклятое колесо и убегу в лес».

Прошка напоминал паука, который непрерывно работает в своем углу, где расположено точильное колесо. Рабочие более старшего возраста хотя бы в разговоре между собой пытаются отвести душу, ругают хозяина, понимая, что он плут: «И плут же он, Алексей-то Иванович! Мы-то чахнем на его работе, а он плутует. Целый день только и делает, что ходит по городу да обманывает, кто попроще».

Прошка не имел силы участвовать даже в этих беседах. Он постоянно был голоден, «жил от еды до еды, как маленький голодный зверек. По ночам он видел во сне целые груды граненых драгоценных камней... Хуже всего было, когда эти камни радужным дождем сыпались на него и начинали давить маленькую больную грудь, а в голове начинало что-то тяжелое кружиться, точно там вертелось такое же деревянное колесо, у которого Прошка прожил всю свою маленькую жизнь.

Потом Прошка слег... Через две недели его не стало».

Наблюдая угасание Прошки, мы видим еще иную жизнь, жизнь мальчика из богатой семьи. Барыня Анна Ивановна привела своего сына Володю в мастерскую, где она покупала драгоценности, чтобы пробудить у него интерес к делу. Нет, разумеется, не к работе в мастерской. К любому «достойному для Володи» занятию. К чтению, например, к учению. Анна Ивановна из числа так называемых «добрых барынь». Она и Прошке готова помочь: пусть, мол, ходит в воскресенье учиться... Барыня не жалеет для Прошки котлетку, когда тот приходит по ее просьбе развлечь Володю. Мальчик-вéртел чувствовал себя смущенным, как попавшийся в ловушку зверек. Молча разглядывал он комнату и удивлялся: бывают же такие большие и светлые комнаты... Перед нами — две контрастные детские судьбы. Счастливая подчеркивает предопределенность другой — страшной.

«Неужели это все твои игрушки?» — спрашивает Прошка Володю.

«Мои, но я уже не играю, потому что большой... А у тебя есть игрушки?»

Прошка засмеялся... «У него — игрушки!.. Какой смешной этот барчонок, решительно ничего не понимает!» — думает мальчик-вéртел. Впечатляет и выразительная картина превращения Володей своей комнаты в подобие мастерской: «...Он несколько дней старался устроить в своей детской гранильную мастерскую и натащил со двора всевозможных камней. Получилась почти совсем настоящая мастерская, только недоставало деревянного громадного колеса, которое вертел Прошка...» Да, «чем бы дитя ни тешилось, лишь бы не плакало». Вот разоблачение лживой игры в равенство. Игры, которая развлекает лишь мальчика-барчонка и унижает, ранит Прошку — для него полуголодная жизнь среди камней в сырой, грязной мастерской неизбежна. Лжив и последний диалог барыни с Прошкой.

«— Ты что же это, забыл нас совсем? — спрашивала она.

— Так...

— Так, может быть, не хочется учиться?

— Нет...

— Какое ему ученье, когда он на ладан дышит! — заметил Ермилыч.

— Разве можно такие вещи говорить при больном! — возмутилась Анна Ивановна...»

Говорить, пожалуй, не стоит «такие вещи», но стоило (!), очевидно, заметить «чахоточный румянец» на бледных щеках ребенка. Нельзя было не видеть его горящие лихорадочным огнем глаза. Нельзя было не видеть, что мальчик бессилен, почти мертв...

Украденное детство и у Пимки.

Спокойно, информационно начинается повествование о жизни людей в деревне Шалайка. Но заметим сразу: деревня эта «засела в страшной лесной глуши». «Засела» — застряла, с места не может сдвинуться, как бы отгорожена от всего другого, от всей жизни, что протекает вне Шалайки. Шалаевцы любили свою деревню, как можно любить то единственное, что у тебя есть. Жил в этой деревне и мальчик Пимка. Шел ему уже десятый (!) год. По-шалаевски это значит — пришла пора думать и готовить себя к мужицкой работе. Так было здесь всегда. На десятом году жизни надо быть готовым ехать в лес, в курень. Там проводят морозную зиму шалаевские мужики. Они выжигают уголь для себя и для продажи. Снова обреченность, как и в судьбе Прошки. Та же безысходность, выработавшаяся временем. Вслушаемся в слова, в интонацию обращения к Пимке его отца:

«Ну, Пимка, собирайся в курень... Пора, брат, и тебе мужиком быть».

Пимка, конечно, боялся той жизни в курене, в лесу, далеко от дома, студеной зимой... Но так надо было. «Так было и будет...»

«Мать еще с лета заготовила будущему мужику всю необходимую одежду: коротенький полушубок из домашней овчины, собачьего меха «ягу», «пимы», собачьи «шубенки», такой же треух-шапку — все, как следует настоящему мужику». Мать, конечно, жалела Пимку. Но она знала одно — так надо, так было всегда... Пимка сначала испытывал и чувство радости: какой же мальчишка не порадуется, если он едет как взрослый, со взрослыми на равных.

Увы! В первую же ночь в курене мальчик понял, как все нерадостно: «Работа была тяжелая у всех, и ее выносили только привычные люди. Дроворубы возвращались в балаган, как пьяные, — до того они выматывали себе руки и спину. Углевозы маялись дорогой, особенно в морозы, когда холодом жгло лицо. А всего хуже было жить в курных, всегда темных балаганах, да и еда была самая плохая: черный хлеб да что-нибудь горячее в придачу, большею частью — каша. Где же мужикам стряпню разводить!»

...Д. Н. Мамин-Сибиряк был обеспокоен необразованностью, непросвещенностью народа. Он и сам работал учителем. И отца своего уважал за его «образ жизни»... «Папа так любил всех бедных, несчастных и обделенных судьбой; папа так хорошо, таким чистым сердцем любил науку и людей науки; папа так понимал человеческую душу даже в ее заблуждениях; наконец, папа так был чист душой и совершенно чужд стяжательских интересов и привычек к ненужной роскоши...» — рассказывает писатель в очерках «О себе самом».

В 1894 году Мамин-Сибиряк выпустил сборник рассказов «Детские тени» — о бедственном положении детей. Бледные, худенькие, жалкие на вид, они напоминают цветы, выросшие в подвале без солнца. Природа в этих рассказах — живой и жизнетворный персонаж. Природа Урала подчеркивает крайнюю безысходность людей и одновременно пробуждает особенную нежность и теплоту к ним.

Вот рассказ «Емеля-охотник». Емеля живет в деревне среди непроходимых лесов. В деревне нет даже улицы! Ее заменяет тропа, которая вьется между избами. Да улица и не нужна: ни у кого из здешних жителей нет телеги. «Избушка Емели совсем вросла в землю» и глядит на свет всего одним оконцем. Крыша на избушке прогнила. От трубы остались только обвалившиеся кирпичи. И деда Елеску лишь крайняя нужда заставляет пойти в сторожа на зимовье, «от которого верст на сто жилья нет» (рассказ «Зимовье на Студеной»). Дед привычно терпит холод, голод. Он не получает обещанной помощи от богатых купцов: привык к их обману. В прошлом у Елески была семья, но вымерла в холерный год вместе с половиной деревни. Трагическая гибель Елески неминуема.

Герои этих рассказов, и Прошка-вертел, и Пимка-угольщик, безусловно симпатичны автору. Он поэтизирует их привлекательные черты: добродушие, трудолюбие, отзывчивость на чужие страдания. Заметьте, как искренне и трогательно Елеска ухаживает за тяжелобольным охотником-вогулом: тот оказался в глухом лесу без всякой помощи. О сердечной доброте Емели говорит случай на охоте: он не решился стрелять в маленького олененка, живо представив, с каким самоотвержением каждая мать защищает свое дитя. В памяти Емели в момент встречи с олененком воскресает картина, как мать его внука, Гришутки, пожертвовала собой ради спасения сына: она прикрыла мальчика своим телом от волков и терпела, когда волки грызли ее ноги. Все любимые писателем персонажи отличаются своим особым чувством восприятия природы.

Единство с ее красками, голосами, запахами, с ее внутренней жизнью свойственно им. Люди как бы сливаются с природой. Представим удивительную любовь старика Тараса (рассказ «Приемыш») к спасенному лебедю. Это лирическая песня. Тарас душой постиг «всякий обычай лесной птицы и лесного зверя». Он счастлив в общении с птицей, озером, лесом, небом. Ценит открытость, непостижимое богатство красок, способность природы успокоить, насладить голодающую без ласки душу.

«— Не скучно тебе, дедушка? — спросил я, когда мы возвращались с рыбной ловли. — Жутко одинокому-то в лесу...

— Одному? Тоже и скажет барин... Я тут князь князем живу. Все у меня есть. И птица всякая, и рыба, и трава. Конечно, говорить не умеют, да я-то понимаю все. Сердце радуется другой раз смотреть на Божью тварь... У всякой свой порядок и свой ум...»

«Старик ужасно был доволен своим Приемышем, и все разговоры в конце концов сводились на него.

— Гордая, настоящая царская птица, — объяснил он. — Помани его кормом, да не дай, в другой раз и не пойдет, свой карахтер тоже имеет, даром что птица...»

Рассказ старика о том, как лебедь, его Приемыш, тяжело расставался с ним, улетая со стаей сородичей, открывает трепетное, противоречивое состояние души человека, способного на большую самоотверженную любовь.

Улетел лебедь, издав по-своему крик прощальный. Старик и собака его, Соболько, страдают. Но оба (!) понимают: у каждого живого существа свое предназначение, своя дорога.

Рассказу «Приемыш» интонационно близок «Богач и Еремка». Его нет в этой книге, но, я думаю, ты его прочтешь. Сравни судьбу и страдания лебедя в рассказе «Приемыш» и зайчишки в «Богаче и Еремке».

Зайчишка с переломанной лапкой несчастен, как и лебедь. Его не стал брать зубами даже охотничий умный пес Еремка. В него не смог стрелять старый охотник Богач, хотя жил он именно тем, что продавал заячьи шкурки. Победа человеческого великодушия над всеми другими прагматическими расчетами — основная мысль рассказа. Его пафос — в способности и человека, и собаки любить слабого, нуждающегося в защите. В этом и проявляется истинная сила человека.

Писатель красиво, изящно передает состояние души человека, готового к защите слабых. Таковы и старик Тарас и охотник Богач. Писатель раскрывает это и через конкретные действия героев, убеждая, что помощь слабому радует.

Вот и маленькая деревенская девочка Ксюша в рассказе «Богач и Еремка» не может удержать свой восторг при виде пойманного Богачом зайца. «Ах, какой хорошенький зайчик, дедушка! — восклицает она. — Беленький весь, а только ушки точно оторочены черным». Девочка тут же придумывает ему имя — «Черное ушко» — и любовно ухаживает за ним. Весть о хромом зайце облетает всю деревню. Подле избушки Богача собирается толпа ребят. Все стараются покормить зайца: кто несет морковку, кто-то молоко... Заметим: в роли главного врачевателя выступает человек, сам определивший себя защитником сада от зайцев.

Развитие событий покоряет не остротой, а теплотой, добротой. Собака, как и ее хозяин, полны заботы о зайце. Они ласковы с ним. Не выпускают на улицу, чтобы там зайчишку не поймали, не убили. А когда заяц убежал в первый раз, Еремка помчался спасать его. Не найдя, «вернулся домой усталый, виноватый, с опущенным хвостом... лег у самой двери и прислушивался к каждому шороху. Он тоже ждал. Обыкновенно Богач разговаривал с собакой, а тут молчал. Они понимали друг друга...».

История закончилась более грустно, чем в «Приемыше». Черное ушко сбежал. Богач надеялся, что с наступлением зимы зайчишке станет холодно, голодно, страшно и он вернется. Пошли было охотник и собака на охоту. Но Еремка сидел под горой на своем месте, не реагируя на зверушек: «Еремка не мог различить зайцев... Каждый заяц ему казался Черным ушком...»

Природа в произведениях Д. Н. Мамина-Сибиряка не фон для раскрытия чувств, душевного состояния человека. Природа — полнокровный герой. Она выражает авторскую жизненную позицию.

Обрати внимание, дорогой читатель, что у Елески («Зимовье на Студеной») с наступлением зимы возникают сложные душевные переживания. Первые кружащиеся в воздухе снежинки радуют его. Радость сменяется тоскливым чувством. Охваченный воспоминаниями, он долго смотрит «на почерневшую реку, на глухой лес, зеленой стеной уходящий на сотни верст туда, к студеному морю», и думает «свою тяжелую стариковскую думу». Пейзаж, как и портрет героев, живописен, изменчив. Краски в движении — переходы одного оттенка к другому гармоничны изменению душевного состояния.

Вот картина дождливого летнего дня в лесу. Под ногами ковер из прошлогодней палой листвы. Деревья покрыты дождевыми каплями. Они сыплются при каждом движении. Но выглянуло солнце — и лес загорелся алмазными искрами: «Что-то праздничное и радостное кругом вас, и вы чувствуете себя на этом празднике желанным, дорогим гостем» («Приемыш»). Яркий, солнечный пейзаж часто гармонирует с оптимистическим восприятием окружающего мира.

Язык произведений Мамина-Сибиряка — народный, меткий, образный, богат пословицами, поговорками. «Ищи ветра в поле!» — говорит Богач об убежавшем зайчике. «Вместе тесно, а врозь скучно», — замечает он, наблюдая поведение собаки, подружившейся с зайцем.

В 1896 году вышли отдельной книгой «Аленушкины сказки». Автор говорил: «Это моя любимая книжка — ее писала сама любовь, и потому она переживет все остальное». В 1892 году умерла любимая жена Мамина-Сибиряка. Осталась больная дочь. Сказками преданный отец утешал ее, стараясь облегчить страдания. «Аленушкины сказки» впервые появились в журнале «Детское чтение». Писатель следует традиции народной сказки о животных. Герои — обыкновенные звери, птицы, насекомые, которые известны всем с детства. В них нет ничего редкостного, исключительного. Медведь, зайчик, воробей, ворона, комар, даже комнатная муха — все живут в сказках своей жизнью. Сказочные герои легко узнаваемы: у зайца — «длинные уши, короткий хвост», у комара — «длинный нос», у «Воронушки» — «черная головушка». Животные, птицы, насекомые имеют свой характер: заяц труслив, медведь силен, но неуклюж; воробей прожорлив, нахален; комар назойлив...

Животные очеловечены. Хвастун Заяц рассказывает собравшимся вокруг него старым зайцам и молодым зайчатам о своей поразительной храбрости. Слушатели реагируют на это каждый по-своему: «хихикнули молодые зайчата», прикрыв мордочки передними лапками; засмеялись добрые старушки зайчихи; улыбнулись даже старые зайцы, побывавшие в лапах у лисы и «отведавшие волчьих зубов». Комар Комарович угрожает расправой Мишке, забравшемуся в болото, зовет целую рать своих товарищей. Воробей Воробеич беседует с Ершом о разных житейских делах. Серая Шейка трогательно прощается со своими родителями перед их отправлением в дальний путь.

Действие в сказках, сюжеты, как правило, строятся на веселых, забавных происшествиях. Например, столкновение хвастливого Зайца с Волком или Комара — с Медведем. Забавна сцена: трубочист Яша пытается справедливо рассудить спор между Воробьем и Ершом. В то время как он произносит свою наставительную речь, его обворовывают. Некоторые сказки захватывают драматизмом, трагической участью героев. Например, очень волнует все то, что происходит со старым Воробьем — он стал жертвой собственного легкомыслия и неосторожности. Участь Канарейки в «Сказке про Воронушку...» тоже трогает, не оставляя нас равнодушными. Невозможно без волнения следить за судьбой Серой Шейки, одинокой и беззащитной перед Лисой. Мы сострадаем Серой Шейке, которая так тяжело переживает разлуку с родителями. Ее не радует красота природы. Она трепещет при мысли, что «полынья вот-вот замерзнет и ей некуда будет деться». У нее «замирает сердце» при виде того, как Лиса осторожно ползет по льду к самой полынье.

В сказках, в отличие от рассказов, у пейзажа иная роль. Здесь — фольклорная традиция скупой, но очень точной зарисовки пейзажа. «Солнце сделалось точно холоднее, а день короче. Начались дожди, подул холодный ветер» — вот и вся картина поздней осени («Сказка про Воронушку...»). Исключение — поэтический сон Аленушки: «Солнышко светит, и песочек желтеет, и цветы улыбаются». Они окружают кроватку девочки пестрой гирляндой. «Ласково шепчет, склонившись над ней, зеленая березка» («Пора спать»).

Народно-поэтическая традиция, которой следует Мамин-Сибиряк, выражается и в зачинах, в языке сказок. «Аленушкиным сказкам» предшествует замечательная оригинальная присказка. В ней все герои окружают Аленушку и вместе нетерпеливо ждут начала сказки. Нередки сказочные формулы вроде: «долго ли, коротко ли»; «стали жить-поживать»; повторы: «боялся зайчик день, боялся два, боялся неделю...» или «ходил он, ходил по своим волчьим делам...». В речи персонажей немало народной лексики. «Ой, беда, братцы!» — кричит Комар, завидев непрошеного гостя Мишку. «Ничего, живем помаленьку», — говорит Ерш Ершович Воробью.

«Аленушкины сказки», как и народные, содержат мораль: осмеяние трусости, хвастовства, легкомыслия, неумения оценить силы противника. Мораль не притянута извне. Она вытекает из характеров и поступков героев, из их жизни.

Животные живут просто, естественно в окружающей их среде, во взаимосвязи с природными условиями, к которым они приспособлены. Все это раскрыто живо, часто через диалог. Ерш приглашает Воробья: «Иди ко мне в гости. У меня, брат, хорошо в глубоких местах... Вода стоит тихо, всякой водяной травы сколько хочешь. Угощу тебя лягушачьей икрой, червячками, водяными козявками». В «Сказке про Воронушку — черную головушку и желтую птичку Канарейку» маленькая Канарейка погибает от зимних холодов, тогда как Ворона чувствует себя прекрасно в этой обстановке. Неумение или невозможность приспособиться к окружающей среде грозит смертельной опасностью. Так случилось и с Серой Шейкой, и со старым Воробьем, не сумевшим подготовиться к наступлению зимы. Острые ситуации в сказках правдивы. Раскрывая законы животного и растительного мира, Мамин-Сибиряк расширяет наши познания, активизирует внимание, наблюдательность.

Особое место занимает сказка о царе Горохе, появившаяся впервые в журнале «Детский отдых» в 1897 году. Полное ее название — «Сказка про славного царя Гороха и его прекрасных дочерей — царевну Кутафью и царевну Горошину». Она отличается от остальных более сложным содержанием и развернутым приключенческим сюжетом. Сказка сатирична. В образе царя Гороха высмеивается чванливость, жадность, презрительное отношение к тем, кто слабее.

С острова Капри А. М. Горький писал Д. Н. Мамину-Сибиряку: «Уважаемый Дмитрий Наркисович! В день сорокалетия великого труда Вашего люди, которым Ваши книги помогли понять и полюбить русский народ, русский язык, почтительно и благодарно кланяются Вам, писателю воистину русскому. Когда писатель глубоко чувствует свою кровную связь с народом, это дает красоту и силу ему. Вы всю жизнь чувствовали творческую связь эту и прекрасно показали Вашими книгами, открыли целую область русской жизни, до Вас незнакомой нам».

Т. Д. Полозова,
профессор

РАССКАЗЫ

ЕМЕЛЯ-ОХОТНИК

I

Далеко-далеко, в северной части Уральских гор, в непроходимой лесной глуши спряталась деревушка Тычки. В ней всего одиннадцать дворов, собственно десять, потому что одиннадцатая избушка стоит совсем отдельно, но у самого леса. Кругом деревни зубчатой стеной поднимается вечнозеленый хвойный лес. Из-за верхушек елей и пихт можно разглядеть несколько гор, которые точно нарочно обошли Тычки со всех сторон громадными синевато-серыми валами. Ближе других стоит к Тычкам горбатая Ручьева гора, с седой мохнатой вершиной, которая в пасмурную погоду совсем прячется в мутных, серых облаках. С Ручьевой горы сбегает много ключей и ручейков. Один такой ручеек весело катится к Тычкам и зиму и лето всех поит студеной, чистой, как слеза, водой.

Избы в Тычках выстроены без всякого плана, как кто хотел. Две избы стоят над самой речкой, одна — на крутом склоне горы, а остальные разбрелись по берегу, как овцы. В Тычках даже нет улицы, а между избами колесит избитая тропа. Да тычковским мужикам совсем и улицы, пожалуй, не нужно, потому что и ездить по ней не на чем: в Тычках нет ни у кого ни одной телеги. Летом эта деревушка бывает окружена непроходимыми болотами, топями и лесными трущобами, так что в нее едва можно пройти пешком только по узким лесным тропам, да и то не всегда. В ненастье сильно играют горные речки, и часто случается тычковским охотникам дня по три ждать, когда вода спадет с них.

Все тычковские мужики — записные охотники. Летом и зимой они почти не выходят из лесу, благо до него рукой подать. Всякое время года приносит с собой известную добычу: зимой бьют медведей, куниц, волков, лисиц; осенью — белку; весной — диких коз; летом — всякую птицу. Одним словом, круглый год стоит тяжелая и часто опасная работа.

В той избушке, которая стоит у самого леса, живет старый охотник Емеля с маленьким внучком Гришуткой. Избушка Емели совсем вросла в землю и глядит на свет Божий всего одним окном; крыша на избушке давно прогнила, от трубы остались только обвалившиеся кирпичи. Ни забора, ни ворот, ни сарая — ничего не было у Емелиной избушки. Только под крыльцом из неотесанных бревен воет по ночам голодный Лыско — одна из самых лучших охотничьих собак в Тычках. Перед каждой охотой Емеля дня три морит несчастного Лыска, чтобы он лучше искал дичь и выслеживал всякого зверя.

— Дедко... а дедко!.. — с трудом спрашивал маленький Гришутка однажды вечером. — Теперь олени с телятами ходят?

— С телятами, Гришук, — ответил Емеля, доплетая новые лапти.

— Вот бы, дедко, теленочка добыть... А?

— Погоди, добудем... Жары наступили, олени с телятами в чаще прятаться будут от оводов, тут я тебе и теленочка добуду, Гришук!

Мальчик ничего не ответил, а только тяжело вздохнул. Гришутке всего было лет шесть, и он лежал теперь второй месяц на широкой деревянной лавке под теплой оленьей шкурой. Мальчик простудился еще весной, когда таял снег, и все не мог поправиться. Его смуглое личико побледнело и вытянулось, глаза сделались больше, нос обострился. Емеля видел, как внучонок таял не по дням, а по часам, но не знал, чем помочь горю. Поил какой-то травой, два раза носил в баню, — больному не делалось лучше. Мальчик почти ничего не ел. Пожует корочку черного хлеба, и только. Оставалась от весны соленая козлятина, но Гришук и смотреть на нее не мог.

«Ишь чего захотел: теленочка... — думал старый Емеля, доковыривая свой лапоть. — Ужо надо добыть...»

Емеле было лет семьдесят: седой, сгорбленный, худой, с длинными руками. Пальцы на руках у Емели едва разгибались, точно это были деревянные сучья. Но ходил он еще бодро и кое-что добывал охотой. Только вот глаза сильно начали изменять старику, особенно зимой, когда снег искрится и блестит кругом алмазной пылью. Из-за Емелиных глаз и труба развалилась, и крыша прогнила, и сам он сидит частенько в своей избушке, когда другие в лесу.

Пора старику и на покой, на теплую печку, да замениться некем, а тут вот еще Гришутка на руках очутился, о нем нужно позаботиться... Отец Гришутки умер три года назад от горячки, мать заели волки, когда она с маленьким Гришуткой зимним вечером возвращалась из деревни в свою избушку. Ребенок спасся каким-то чудом. Мать, пока волки грызли ей ноги, закрыла ребенка своим телом, и Гришутка остался жив.

Старому деду пришлось выращивать внучка, а тут еще болезнь приключилась. Беда не приходит одна...

II

Стояли последние дни июня месяца, самое жаркое время в Тычках. Дома оставались только старые да малые. Охотники давно разбрелись по лесу за оленями. В избушке Емели бедный Лыско уже третий день завывал от голода, как волк зимой.

— Видно, Емеля на охоту собрался, — говорили в деревне бабы.

Это была правда. Действительно, Емеля скоро вышел из своей избушки с кремневой винтовкой в руке, отвязал Лыска и направился к лесу. На нем были новые лапти, котомка с хлебом за плечами, рваный кафтан и теплая оленья шапка на голове. Старик давно уже не носил шляпы, а зиму и лето ходил в своей оленьей шапке, которая отлично защищала его лысую голову от зимнего холода и от летнего зноя.

— Ну, Гришук, поправляйся без меня... — говорил Емеля внуку на прощанье. — За тобой приглядит старуха Маланья, пока я за теленком схожу.

— А принесешь теленка-то, дедко?

— Принесу, сказал.

— Желтенького?

— Желтенького...

— Ну, я буду тебя ждать... Смотри не промахнись, когда стрелять будешь...

Емеля давно собирался за оленями, да все жалел бросить внука одного, а теперь ему было как будто лучше, и старик решился попытать счастья. Да и старая Маланья поглядит за мальчонком, — все же лучше, чем лежать одному в избушке.

В лесу Емеля был как дома. Да и как ему не знать этого леса, когда он целую жизнь бродил по нем с ружьем да с собакой. Все тропы, все приметы — все знал старик на сто верст кругом. А теперь, в конце июня, в лесу было особенно хорошо: трава красиво пестрела распустившимися цветами, в воздухе стоял чудный аромат душистых трав, а с неба глядело ласковое летнее солнышко, обливавшее ярким светом и лес, и траву, и журчавшую в осоке речку, и далекие горы. Да, чудно и хорошо было кругом, и Емеля не раз останавливался, чтобы перевести дух и оглянуться назад. Тропинка, по которой он шел, змейкой взбиралась на гору, минуя большие камни и крутые уступы. Крупный лес был вырублен, а около дороги ютились молодые березки, кусты жимолости, и зеленым шатром раскидывалась рябина. Там и сям попадались густые перелески из молодого ельника, который зеленой щеткой вставал по сторонам дороги и весело топорщился лапистыми и мохнатыми ветвями. В одном месте, с половины горы, открывался широкий вид на далекие горы и на Тычки. Деревушка совсем спряталась на дне глубокой горной котловины, и крестьянские избы казались отсюда черными точками. Емеля, заслонив глаза от солнца, долго глядел на свою избушку и думал о внучке.

— Ну, Лыско, ищи... — говорил Емеля, когда они спустились с горы и повернули с тропы в сплошной дремучий ельник.

Лыску не нужно было повторять приказание. Он отлично знал свое дело и, уткнув свою острую морду в землю, исчез в густой зеленой чаще. Только на время мелькнула его спина с желтыми пятнами.

Охота началась.

Громадные ели поднимались высоко к небу своими острыми вершинами. Мохнатые ветви переплетались между собой, образуя над головой охотника непроницаемый темный свод, сквозь который только кое-где весело глянет солнечный луч и золотым пятном обожжет желтоватый мох или широкий лист папоротника. Трава в таком лесу не растет, и Емеля шел по мягкому желтоватому мху, как по ковру.

Несколько часов брел охотник по этому лесу. Лыско точно в воду канул. Только изредка хрустнет ветка под ногой или перелетит пестрый дятел. Емеля внимательно осматривал все кругом: нет ли где какого-нибудь следа, не сломал ли олень рогами ветки, не отпечаталось ли на мху раздвоенное копыто, не объедена ли трава на кочках. Начало темнеть. Старик почувствовал усталость. Нужно было думать о ночлеге. «Вероятно, оленей распугали другие охотники», — думал Емеля. Но вот послышался слабый визг Лыска, и впереди затрещали ветви. Емеля прислонился к стволу ели и ждал.

Это был олень. Настоящий десятирогий красавец олень, самое благородное из лесных животных. Вон он приложил свои ветвистые рога к самой спине и внимательно слушает, обнюхивая воздух, чтобы в следующую минуту молнией пропасть в зеленой чаще. Старый Емеля завидел оленя, но он слишком далеко от него: не достать его пулей. Лыско лежит в чаще и не смеет дохнуть в ожидании выстрела; он слышит оленя, чувствует его запах... Вот грянул выстрел, и олень, как стрела, понесся вперед. Емеля промахнулся, а Лыско взвыл от забиравшего его голода. Бедная собака уже чувствовала запах жареной оленины, видела аппетитную кость, которую ей бросит хозяин, а вместо этого приходится ложиться спать с голодным брюхом. Очень скверная история...

— Ну, пусть его погуляет, — рассуждал вслух Емеля, когда вечером сидел у огонька под густой столетней елью. — Нам надо теленочка добывать, Лыско... Слышишь?

Собака только жалобно виляла хвостом, положив острую морду между передними лапами. На ее долю сегодня едва выпала одна сухая корочка, которую Емеля бросил ей.

III

Три дня бродил Емеля по лесу с Лыском, и все напрасно: оленя с теленком не попадалось. Старик чувствовал, что выбивается из сил, но вернуться домой с пустыми руками не решался. Лыско тоже приуныл и совсем отощал, хотя и успел перехватить пару молодых зайчат.

Приходилось заночевать в лесу у огонька третью ночь. Но и во сне старый Емеля все видел желтенького теленка, о котором его просил Гришук; старик долго выслеживал свою добычу, прицеливался, но олень каждый раз убегал от него из-под носу. Лыско тоже, вероятно, бредил оленями, потому что несколько раз во сне взвизгивал и принимался глухо лаять.

Только на четвертый день, когда и охотник и собака совсем выбились из сил, они совершенно случайно напали на след оленя с теленком. Это было в густой еловой заросли на скате горы. Прежде всего Лыско отыскал место, где ночевал олень, а потом разнюхал и запутанный след в траве.

«Матка с теленком, — думал Емеля, разглядывая на траве следы больших и маленьких копыт. — Сегодня утром были здесь... Лыско, ищи, голубчик!..»

День был знойный. Солнце палило нещадно. Собака обнюхивала кусты и траву с высунутым языком; Емеля едва таскал ноги. Но вот знакомый треск и шорох... Лыско упал на траву и не шевелился. В ушах Емели стоят слова внучка: «Дедко, добудь теленка... И непременно чтобы был желтенький». Вон и матка... Это был великолепный олень-самка. Он стоял на опушке леса и пугливо смотрел прямо на Емелю. Кучка жужжавших насекомых кружилась над оленем и заставляла его вздрагивать.

«Нет, ты меня не обманешь...» — думал Емеля, выползая из своей засады.

Олень давно почуял охотника, но смело следил за его движениями.

«Это матка меня от теленка отводит», — думал Емеля, подползая все ближе и ближе.

Когда старик хотел прицелиться в оленя,

он осторожно перебежал несколько сажен далее и опять остановился. Емеля снова подполз со своей винтовкой. Опять медленное подкрадывание, и опять олень скрылся, как только Емеля хотел стрелять.

— Не уйдешь от теленка, — шептал Емеля, терпеливо выслеживая зверя в течение нескольких часов.

Эта борьба человека с животным продолжалась до самого вечера. Благородное животное десять раз рисковало жизнью, стараясь отвести охотника от спрятавшегося олененка; старый Емеля и сердился, и удивлялся смелости своей жертвы. Ведь все равно она не уйдет от него... Сколько раз приходилось ему убивать таким образом жертвовавшую собою мать. Лыско, как тень, ползал за хозяином и, когда тот совсем потерял оленя из виду, осторожно ткнул его своим горячим носом. Старик оглянулся и присел. В десяти саженях от него, под кустом жимолости, стоял тот самый желтенький теленок, за которым он бродил целых три дня. Это был прехорошенький олененок, всего нескольких недель, с желтым пушком и тоненькими ножками; красивая головка была откинута назад, и он вытягивал тонкую шею вперед, когда старался захватить веточку повыше. Охотник с замирающим сердцем взвел курок винтовки и прицелился в голову маленькому, беззащитному животному...

Еще одно мгновение — и маленький олененок покатился бы по траве с жалобным предсмертным криком; но именно в это мгновение старый охотник припомнил, с каким геройством защищала теленка его мать, припомнил, как мать его Гришутки спасла сына от волков своей жизнью. Точно что оборвалось в груди у старого Емели, и он опустил ружье. Олененок по-прежнему ходил около куста, общипывая листочки и прислушиваясь к малейшему шороху. Емеля быстро поднялся и свистнул, — маленькое животное скрылось в кустах с быстротой молнии.

— Ишь какой бегун... — говорил старик, задумчиво улыбаясь. — Только его и видел: как стрела... Ведь убежал, Лыско, наш олененок-то? Ну, ему, бегуну, еще надо подрасти... Ах ты, какой шустрый!..

Старик долго стоял на одном месте и все улыбался, припоминая бегуна.

На другой день Емеля подходил к своей избушке.

— А... дедко, принес теленка? — встретил его Гриша, ждавший все время старика с нетерпением.

— Нет, Гришук... видел его...

— Желтенький?

— Желтенький сам, а мордочка черная. Стоит под кустиком и листочки пощипывает... Я прицелился...

— И промахнулся?

— Нет, Гришук: пожалел малого зверя... матку пожалел... Как свистну, а он, теленокто, как стреканет в чащу, — только его и видел. Убежал, пострел этакий...

Старик долго рассказывал мальчику, как он искал теленка по лесу три дня и как тот убежал от него. Мальчик слушал и весело смеялся вместе с старым дедом.

— А я тебе глухаря принес, Гришук, — прибавил Емеля, кончив рассказ. — Этого все равно волки бы съели.

Глухарь был ощипан, а потом попал в горшок. Больной мальчик с удовольствием поел глухариной похлебки и, засыпая, несколько раз спрашивал старика:

— Так он убежал, олененок-то?

— Убежал, Гришук...

— Желтенький?

— Весь желтенький, только мордочка черная да копытца.

Мальчик так и уснул и всю ночь видел маленького желтенького олененка, который весело гулял по лесу со своей матерью; а старик спал на печке и тоже улыбался во сне.

ЗИМОВЬЕ НА СТУДЕНОЙ

I

Старик лежал на своей лавочке, у печи, закрывшись старой дохой из вылезших оленьих шкур. Было рано или поздно — он не знал, да и знать не мог, потому что светало поздно, а небо еще с вечера было затянуто низкими осенними тучами. Вставать ему не хотелось: в избушке было холодно, а у него уже несколько дней болели и спина и ноги. Спать он тоже не хотел, а лежал так, чтобы провести время. Да и куда ему было торопиться? Его разбудило осторожное царапанье в дверь, — это просился Музгарко, небольшая пестрая вогульская собака, жившая в этой избушке уже лет десять.

— Я вот тебе задам, Музгарко!.. — заворчал старик, кутаясь в свою доху с головой. — Ты у меня поцарапайся...

Собака на время перестала скоблить дверь своей лапой и потом вдруг взвыла протяжно и жалобно.

— Ах, штоб тебя волки съели!.. — обругался старик, поднимаясь с лавки.

Он в темноте подошел к двери, отворил ее и все понял, — отчего у него болела спина и отчего завыла собака. Все, что можно было рассмотреть в приотворенную дверь, было покрыто снегом. Да, он ясно теперь видел, как в воздухе кружилась живая сетка из мягких, пушистых снежинок. В избе было темно, а от снега все видно — и зубчатую стенку стоявшего за рекой леса, и надувшуюся почерневшую реку, и каменистый мыс, выдававшийся в реку круглым уступом. Умная собака сидела перед раскрытой дверью и такими умными, говорящими глазами смотрела на хозяина.

— Ну, што же, значит, конец!.. — ответил ей старик на немой вопрос собачьих глаз. — Ничего, брат, не поделаешь... Шабаш!..

Собака вильнула хвостом и тихо взвизгнула тем ласковым визгом, которым встречала одного хозяина.

— Ну, шабаш, ну, што поделаешь, Музгарко!.. Прокатилось наше красное летечко, а теперь заляжем в берлоге...

На эти слова последовал легкий прыжок, и Музгарко очутился в избушке раньше хозяина.

— Не любишь зиму, а? — разговаривал старик с собакой, растопляя старую печь, сложенную из дикого камня. — Не нравится, а?..

Колебавшееся в челе печки пламя осветило лавочку, на которой спал старик, и целый угол избушки. Из темноты выступали закопченные бревна, покрытые кое-где плесенью,

развешанная в углу сеть, недоконченные новые лапти, несколько беличьих шкурок, болтавшихся на деревянном крюку, а ближе всего сам старик — сгорбленный, седой, с ужасным лицом. Это лицо точно было сдвинуто на одну сторону, так что левый глаз вытек и закрылся припухшим веком. Впрочем, безобразие отчасти скрадывалось седой бородой. Для Музгарки старик не был ни красив, ни некрасив.

Пока старик растоплял печь, уже рассвело. Серое зимнее утро занялось с таким трудом, точно невидимому солнцу было больно светить. В избушке едва можно было рассмотреть дальнюю стену, у которой тянулись широкие нары, устроенные из тяжелых деревянных плах. Единственное окно, наполовину залепленное рыбьим пузырем, едва пропускало свет. Музгарко сидел у порога и терпеливо наблюдал за хозяином, изредка виляя хвостом. Но и собачьему терпенью бывает конец, и Музгарко опять слабо взвизгнул.

— Сейчас, не торопись, — ответил ему старик, придвигая к огню чугунный котелок с водой. — Успеешь...

Музгарко лег и, положив остромордую голову в передние лапы, не спускал глаз с хозяина. Когда старик накинул на плечи дырявый пониток, собака радостно залаяла и бросилась в дверь.

— То-то вот у меня поясница третий день болит, — объяснил старик собаке на ходу. — Оно и вышло, што к ненастью. Вона как снежок подваливает...

За одну ночь все кругом совсем изменилось, — лес казался ближе, река точно сузилась, а низкие зимние облака ползли над самой землей и только не цеплялись за верхушки елей и пихт. Вообще вид был самый печальный, а пушинки снега продолжали кружиться в воздухе и беззвучно падали на помертвевшую землю. Старик оглянулся назад, за свою избушку — за ней уходило ржавое болото, чуть тронутое кустиками и жесткой болотной травой. С небольшими перерывами это болото тянулось верст на пятьдесят и отделяло избушку от всего живого мира. А какая она маленькая показалась теперь старику, эта избушка, точно за ночь вросла в землю...

К берегу была причалена лодка-душегубка. Музгарко первый вскочил в нее, оперся передними лапами на край и зорко посмотрел вверх реки, туда, где выдавался мыс, и слабо взвизгнул.

— Чему обрадовался спозаранку? — окликнул его старик. — Погоди, может, и нет ничего...

Собака знала, что есть, и опять взвизгнула: она видела затонувшие поплавки закинутой в омуте снасти. Лодка полетела вверх по реке у самого берега. Старик стоял на ногах и гнал лодку вперед, подпираясь шестом. Он тоже знал по визгу собаки, что будет добыча. Снасть действительно огрузла самой серединой, и, когда лодка подошла, деревянные поплавки повело книзу.

— Есть, Музгарко...

Снасть состояла из брошенной поперек реки

бечевы с поводками из тонких шнуров и волосяной лесы. Каждый поводок заканчивался острым крючком. Подъехав к концу снасти, старик осторожно начал выбирать ее в лодку. Добыча была хорошая: два больших сига, несколько судаков, щука и целых пять штук стерлядей. Щука попалась большая, и с ней было много хлопот. Старик осторожно подвел ее к лодке и сначала оглушил своим шестом, а потом уже вытащил. Музгарко сидел в носу лодки и внимательно наблюдал за работой.

— Любишь стерлядку? — дразнил его старик, показывая рыбу. — А ловить не умеешь... Погоди, заварим сегодня уху. К ненастью рыба идет лучше на крюк... В омуте она теперь сбивается на зимнюю лежанку, а мы ее из омута и будем добывать: вся наша будет. Лучить ужо поедем... Ну, а теперь айда домой!.. Судаков-то подвесим, высушим, а потом купцам продадим...

Старик запасал рыбу с самой весны: часть вялил на солнце, другую сушил в избе, а остатки сваливал в глубокую яму вроде колодца; эта последняя служила кормом Музгарке. Свежая рыба не переводилась у него целый год, только не хватало у него соли, чтобы ее солить, да и хлеба не всегда доставало, как было сейчас. Запас ему оставляли с зимы до зимы.

— Скоро обоз придет, — объяснил старик собаке. — Привезут нам с тобой и хлеба, и соли, и пороху... Вот только избушка наша совсем развалилась, Музгарко.

Осенний день короток. Старик все время проходил около своей избушки, поправляя и то и другое, чтобы лучше ухорониться на зиму. В одном месте мох вылез из пазов, в другом — бревно подгнило, в третьем — угол совсем осел и, того гляди, отвалится. Давно бы уж новую избушку пора ставить, да одному все равно ничего не поделать.

— Как-нибудь, может, перебьюсь зиму, — думал старик вслух, постукивая топором в стену. — А вот обоз придет, так тогда...

Выпавший снег все мысли старика сводил на обоз, который приходил по первопутку, когда вставали реки. Людей он только и видел один раз в году. Было о чем подумать. Музгарко отлично понимал каждое слово хозяина и при одном слове «обоз» смотрел вверх реки и радостно взвизгивал, точно хотел ответить, что вон, мол, откуда придет обоз-то — из-за мыса.

К избе был приделан довольно большой низкий сруб, служивший летом амбаром, а зимой казармой для ночлега ямщиков. Чтобы защитить от зимней непогоды лошадей, старик с осени устраивал около казармы из молодых пушистых пихт большую загородку. Намаются лошади тяжелой дорогой, запотеют, а ветер дует холодный, особенно с солновосхода. Ах, какой бывает ветер! — даже дерево не выносит и поворачивает свои ветви в теплую сторону, откуда весной летит всякая птица.

Кончив работу, старик сел на обрубок дерева под окном избушки и задумался. Собака села у его ног и положила свою умную голову к нему на колени. О чем думал старик? Первый снег всегда и радовал его и наводил тоску, напоминая старое, что осталось вон за теми горами, из которых выбегала река Студеная. Там у него были и свой дом, и семья, и родные были, а теперь никого не осталось. Всех он пережил, и вот где привел Бог кончать век: умрет — некому глаза закрыть. Ох, тяжело старое одиночество, а тут лес кругом, вечная тишина, и не с кем слова сказать. Одна отрада оставалась: собака. И любил же ее старик гораздо больше, чем любят люди друг друга. Ведь она для него была все и тоже любила его. Не один раз случалось так, что на охоте Музгарко жертвовал своей собачьей жизнью за хозяина, и уже два раза медведь помял его за отчаянную храбрость.

— А ведь стар ты стал, Музгарко, — говорил старик, гладя собаку по спине. — Вон и спина прямая стала, как у волка, и зубы притупились, и в глазах муть... Эх, старик, старик, съедят тебя зимой волки!.. Пора, видно, нам с тобой и помирать...

Собака была согласна и помирать... Она только теснее прижималась всем телом к хозяину и жалобно моргала. А он сидел и все смотрел на почерневшую реку, на глухой лес, зеленой стеной уходивший на сотни верст туда, к студеному морю, на чуть брезжившие горы в верховьях Студеной, — смотрел и не шевелился, охваченный своей тяжелой стариковской думой.

Вот о чем думал старик.

Родился и вырос он в глухой лесной деревушке Чалпан, засевшей на реке Колве. Место было глухое, лесистое, хлеб не родился, и мужики промышляли кто охотой, кто сплавом леса, кто рыбной ловлей. Деревня была бедная, как почти все деревни в Чердынском крае, и многие уходили на промысел куданибудь на сторону: на солеваренные промыслы в Усолье, на плотбища по реке Вишере, где строились лесопромышленниками громадные баржи, на железные заводы по реке Каме.

Старик тогда был совсем молодым, и звали его по деревне Елеской Шишмарем, — вся семья была Шишмари. Отец промышлял охотой, и Елеска с ним еще мальчиком прошел всю Колву. Били они и рябчика, и белку, и куницу, и оленя, и медведя, — что попадет. Из дому уходили недели на две, на три. Потом Елеска вырос, женился и зажил своим домом в Чалпане, а сам по-прежнему промышлял охотой. Стала потихоньку у Елески подрастать своя семья — два мальчика да девочка; славные ребятки росли и были бы отцу подмогой на старости лет. Но Богу было угодно другое: в холерный год семья Елески вымерла... Случилось это горе осенью, когда он ушел с артелью других охотников в горы за оленями. Ушел он семейным человеком, а вернулся бобылем. Тогда половина народу в Чалпане вымерла: холера прошла на Колву с Камы, куда уходили на сплавы чалпанские мужики. Они и занесли с собой страшную болезнь, которая косила людей, как траву.

Долго горевал Елеска, но второй раз не женился: поздно было вторую семью заводить. Так он и остался бобылем и пуще прежнего занялся охотой. В лесу было весело, да и привык уж очень к такой жизни Елеска. Только и тут стряслась с ним великая беда. Обошел он медвежью берлогу, хорошего зверя подглядел и уже вперед рассчитал, что в Чердыни за медвежью шкуру получит все пять рублей. Не в первый раз выходил на зверя с рогатиной да с ножом; но на этот раз сплоховал: поскользнулась у Елески одна нога, и медведь насел на него. Рассвирепевший зверь обломал охотника насмерть, а лицо сдвинул ударом лапы на сторону. Едва приполз Елеска из лесу домой, и здесь свой знахарь лечил его целых полгода; остался жив, а только сделался уродом. Не мог далеко уходить в лес, как прежде, когда ганивал сохатого на лыжах верст по семидесяти, не мог промышлять наравне с другими охотниками, — одним словом, пришла беда неминучая.

В своей деревне делать Елеске было нечего, кормиться мирским подаянием не хотел, и отправился он в город Чердынь, к знакомым купцам, которым раньше продавал свою охотничью добычу. Может, место какое-нибудь обыщут Елеске богатые купцы. И нашли.

— Бывал на волоке с Колвы на Печору? — спрашивали его промышленники. — Там на реке Студеной зимовье, — так вот тебе быть там сторожем... Вся работа только зимой: встретить да проводить обозы, а там гуляй себе целый год. Харч мы тебе будем давать, и одежду, и припас всякий для охоты — поблизости от зимовья промышлять можешь.

— Далеконько, ваше степенство... — замялся Елеска. — Во все стороны от зимовья верст на сто жилья нет, а летом туда и не пройдешь.

— Уж это твое дело; выбирай из любых: дома голодать или на зимовье барином жить...

Подумал Елеска и согласился, а купцы высылали ему и харч и одежду только один год. Потом Елеска должен был покупать все на свои деньги от своей охоты и рыбной ловли на зимовке. Так он и жил в лесу. Год шел за годом. Елеска состарился и боялся только одного: что придет смертный час и некому будет его похоронить.

II

До обоза, пока реки еще не стали, старик успел несколько раз сходить на охоту. Боровой рябчик поспел давно, но бить его не стоило, потому что все равно сгниет в тепле. Обозный приказчик всегда покупал у старика рябчиков с особым удовольствием, потому что из этих мест шел крепкий и белый рябчик, который долго не портился, а это всего важнее, потому что убитые на Студеной рябчики долетали до Парижа. Их скупали купцы в Чердыни, а потом отправляли в Москву, а из Москвы рябчиков везли громадными партиями за границу. Старик на двадцать верст от своей избушки знал каждое дерево и с лета замечал все рябиные выводки, где они высиживались, паслись и кормились. Когда выводки поспевали, он знал, сколько штук в каждом, но для себя не прочил ни одного, потому что это был самый дорогой товар, и он получал за него самый дорогой припас — порох и дробь.

Нынешняя охота посчастливилась необыкновенно, так что старик заготовил пар тридцать еще до прихода обоза и боялся только одного: как бы не ударила ростепель. Редко случалась такая ростепель на Студеной, но могла и быть.

— Ну, теперь мы с тобой на припас добыли, — объяснял старик собаке, с которой всегда разговаривал, как с человеком. — А пока обоз ходит с хлебом на Печору, мы и харч себе обработаем... Главное — соли добыть побольше. Ежели бы у нас с тобой соль была, так богаче бы нас не было вплоть до самой Чердыни.

О соли старик постоянно говорил: «Ах, кабы соль была — не житье, а рай». Теперь рыбу ловил только для себя, а остальную сушил, — какая цена такой сушеной рыбе? А будь соль, тогда бы он рыбу солил, как печорские промышленники, и получал бы за нее вдвое больше, чем теперь. Но соль стоила дорого, а запасать ее приходилось бы пудов по двадцати, — где же такую уйму деньжищ взять, когда с грехом пополам хватало на харч да на одежду? Особенно жалел старик, когда летним делом, в Петровки, убивал оленя: свежее мясо портится скоро, — два дня поесть оленины, а потом бросай! Сушеная оленина — как дерево.

Стала и Студеная. Горная холодная вода долго не замерзает, а потом лед везде проедается полыньями. Это ключи из земли бьют. Запасал теперь старик и свежую рыбу, которую можно было сейчас морозить, как рябчиков. Лиха беда в том, что времени было мало. Того и гляди, что подвалит обоз.

— Скоро, Музгарко, харч нам придет...

Собственно, хлеб у старика вышел еще до заморозков, и он подмешивал к остаткам ржаной муки толченую сухую рыбу. Есть одно мясо или одну рыбу было нельзя. Дня через три так отобьет, что потом в рот не возьмешь. Конечно, самоеды и вогулы питаются одной рыбой, так они к этому привычны, а русский человек — хлебный и не может по-ихнему.

Обоз пришел совершенно неожиданно. Старик спал ночью, когда заскрипели возы и послышался крик:

— Эй, дедушка, жив ли ты?.. Примай гостей... Давно не видались.

Старика больше всего поразило то, что

Музгарко прокараулил дорогих, жданных гостей. Обыкновенно он чуял их, когда обоз еще был версты за две, а нынче не слыхал. Он даже не выскочил на улицу, чтобы полаять на лошадей, а стыдливо спрятался под хозяйскую лавку и не подал голоса.

— Музгарко, да ты в уме ли! — удивлялся старик. — Проспал обоз... ах, нехорошо!..

Собака выползла из-под лавки, лизнула его в руку и опять скрылась: она сама чувствовала себя виноватой.

— Эх, стар стал: нюх потерял, — заметил с грустью старик. — И слышит плохо на левое ухо.

Обоз состоял возов из пятидесяти... На Печору чердынские купцы отправляли по первопутку хлеб, соль, разные харчи и рыболовную снасть, а оттуда вывозили свежую рыбу. Дело было самое спешное, чтобы добыть печорскую рыбу раньше других, — шла дорогая печорская семга. Обоз должен сломать трудную путину в две недели, и ямщики спали только во время кормежек, пока лошади отдыхали. Особенно торопились назад, тогда уж и спать почти не приходилось. А дорога через волок была трудная, особенно горами. Дорога скверная, каменистая, сани некованые, а по речкам везде наледи да промоины. Много тут погублено хороших лошадей, а людям приходилось работать, как нигде: вывозить возы в гору на себе, добывать их из воды, вытаскивать из раскатов. Только одни колвинские ямщики и брались за такую проклятую работу, потому что гнала на Печору горькая нужда.

В зимовье на Студеной обоз делал передышку: вместо двухчасовой кормежки лошади здесь отдыхали целых четыре. Казарму старик подтопил заранее, и ямщики, пустив лошадей к корму, завалились спать на деревянных нарах ямщичьим мертвым сном. Не спал только молодой приказчик, еще в первый раз ехавший на Печору. Он сидел у старика в избушке и разговаривал.

— И не страшно тебе в лесу, дедушка?

— А чего бояться, Христос с нами! Привычное наше дело. В лесу выросли.

— Да как же не бояться: один в лесу...

— А у меня песик есть... Вот вдвоем и коротаем время. По зимам вот волки одолевают, так он мне вперед сказывает, когда придут они в гости. Чует... И дошлая: сама поднимает волков. Они бросятся за ней, а я их из ружья... Умнеющая собака: только не скажет, как человек. Я с ней всегда разговариваю, а то, пожалуй, и говорить разучишься...

— Откуда же ты такую добыл, дедушка?

— А Бог мне ее послал... Неладно это про пса говорить, а только оно похоже. Давно это было, почитай годов с десять. Вот по зиме, этак перед Рождеством, выслеживал я в горах лосей... Была у меня собачка, еще с Колвы привел. Ну, ничего, правильный песик: и зверя брал, и птицу искал, и белку — все как следует. Только иду я с ним по лесу, и вдруг вот этот Музгарко прямо как выскочит на меня. Даже испугал... Не за обычай это у наших промысловых собак, штобы к незнакомому человеку ластиться, как к хозяину, а эта так прямо ко мне и бросилась. Вижу, што дело как будто неладно. А он этак смотрит на меня, умненько таково, а сам ведет все дальше... И што бы ты думал, братец ты мой, ведь привел! В логовине этак вижу шалашик из хвои, а из шалашика чуть пар... Подхожу. В шалашике вогул лежит, болен, значит, и от своей артели отстал... Пряменько сказать: помирал человек. На охоте его ухватила немочь, другим-то не ждать. Увидал меня, обрадовался, а сам едва уж языком ворочает. Больше все руками объяснял. Вот он меня и благословил этим песиком... При мне и помер, сердяга, а я его закопал в снегу, заволок хворостом да бревном придавил сверху, штобы волки не съели. А Музгарко, значит, мне достался... Это по речке я его и назвал, где вогул помирал: Музгаркой звать речку, ну, я и собаку так же назвал. И умный песик... По лесу идет, так после него хоть метлой подметай, — ничего не найдешь. Ты думаешь, он вот сейчас не понимает, што о нем говорят?.. Все понимает...

— Зачем он под лавкой-то лежит?

— А устыдился, потому обоз прокараулил. Стар стал... Два раза меня от медведя ухранял: медведь-то на меня, а он его и остановил. Прежде я с рогатиной ходил на медведя, когда еще в силе был, а как один меня починил, ну, я уж из ружья норовлю его свалить. Тоже его надо умеючи взять: смышлястый зверь.

— Ну, а зимой-то, поди, скучно в избушке сидеть?

— Привышное дело... Вот только праздники когда, так скушновато. Добрые люди в храме Божьем, а у меня волки обедню завывают. Ну, я тогда свечку затеплю перед образом и сам службу пою... Со слезами тоже молюсь.

Славный этот приказчик, молодой такой, и все ему надо знать. Елеска обрадовался живому человеку и все рассказывал про свою одинокую жизнь в лесу.

— У меня по весне праздник бывает, милый человек, когда с теплого моря птица прилетит. И сколько ее летит: туча... По Студеной-то точно ее насыпано... Всякого сословия птица: и утки, и гуси, и кулики, и чайки, и гагары... Выйдешь на заре, так стон стоит по Студеной. И нет лучше твари, как перелетная птица: самая Божья тварь... Большие тыщи верст летит, тоже устанет, затощает и месту рада. Прилетела, вздохнула денек и сейчас гнездо налаживать... А я хожу и смотрю: мне Бог гостей прислал. И как наговаривают... Слушаешь, слушаешь, инда слеза проймет. Любезная тварь — перелетная птица... Я ее не трогаю, потому трудница перед Господом. А когда гнезда она строит, это ли не Божецкое произволенье... Человеку так не состроить. А потом матки с выводками на Студеную выплывут... Красота, радость... Плавают, полощутся, гогочут... Неочерпаемо здесь перелетной птицы. Праздником все летечко прокатится, а к осени начнет птица грудиться стайками: пора опять в дорогу. И собираются, как люди... Лопочут по-своему, суетятся, молодых учат, а потом и поднялись... Ранним утром снимаются с места, вожак в голове летит. А есть и такие, которые остаются: здоровьем слаба выйдет или позднышки выведутся... Жаль на них глядеть. Кричат, бедные, когда мимо них стая за стаей летит. На Студеной все околачиваются. Плавают-плавают, пока забереги настынут, потом в полыньях кружатся... Ну, этих уже я из жалости пришибу. Што ей маяться-то, все равно сгибнет... Лебеди у меня тут в болоте гнезда вьют. Всякой твари свое произволенье, свой предел... Одного только у меня не хватает, родной человек: который год прошу ямщиков, штобы петушка мне привезли... Зимой-то ночи долгие, конца нет, а петушок-то и сказал бы, который час на дворе.

— В следующий раз я тебе привезу самого горластого, дедушка, как дьякон будет орать.

— Ах, родной, то-то уважил бы старика... Втроем бы мы вот как зажили! Скучно, когда по зимам мертвая тишь встанет, а тут бы петушок, глядишь, и взвеселил. Тоже не простая тваринка, петушок-то; другой такой нет, чтобы часы сказывала. На потребу человеку петушок сотворен.

Приказчика звали Флегонтом. Он оставил старому Елеске и муки, и соли, и новую рубаху, и пороху, а на обратном пути с Печоры привез подарок.

— Я тебе часы привез, дедушка, — весело говорил он, подавая мешок с петухом.

— Ах, кормилец, ах, родной... Да как я тебя благодарить буду? Ну, пошли тебе Бог всего, чего сам желаешь. Поди, и невеста где-нибудь подгляжена, так любовь да совет...

— Есть такой грех, дедушка, — весело ответил Флегонт, встряхивая русыми кудрями. — Есть в Чердыни два светлых глаза: посмотрели они на меня, да и заворожили... Ну, оставайся с Богом.

— Соболька припасу твоей невесте на будущую осень, как опять поедешь на Печору. Есть у меня один на примете.

Ушел обоз в обратный путь, и остался старик с петушком. Радости-то сколько!.. Пестренький петушок, гребешок красненький — ходит по избушке, каждое перышко играет. А ночью как гаркнет... То-то радость и утешение! Каждое утро стал Елеска теперь разговаривать со своим петушком, и Музгарко их слушает.

— Што, завидно тебе, старому? — дразнит Елеска собаку. — Только твоего и ремесла, што лаять... А вот ты по-петушиному спой!..

Заметил старик, как будто заскучал Музгарко. Понурый такой ходит... Неможется что-то собаке. Должно полагать, ямщики сглазили.

— Музгарушко, да што это с тобой приприт- чилось? Где болит?

Лежит Музгарко под лавкой, положил голову между лапами и только глазами моргает.

Всполошился старик: накатилась беда неожиданная. А Музгарко все лежит, не ест, не пьет и голосу не подает.

— Музгарушко, милый!

Вильнул хвостом Музгарко, подполз к хозяину, лизнул руку и тихо взвыл. Ох, плохо дело!..

III

Ходит ветер по Студеной, наметает саженные сугробы снега, завывает в лесу, точно голодный волк; избушка Елески совсем потонула в снегу. Торчит без малого одна труба, да вьется из нее синяя струйка дыма...

Воет пурга уже две недели, две недели не выходит из своей избушки старик и все сидит над больной собакой. А Музгарко лежит и едва дышит: пришла Музгаркина смерть.

— Кормилец ты мой... — плачет старик и целует верного друга. — Родной ты мой... ну, где болит?..

Ничего не отвечает Музгарко, как раньше. Он давно почуял свою смерть и молчит... Плачет, убивается старик, а помочь нечем: от смерти лекарства нет. Ах, горе какое лютое привалилось!.. С Музгаркой умерла последняя надежда старика, и ничего, ничего не оставалось для него, кроме смерти. Кто теперь будет искать белку, кто облает глухаря, кто выследит оленя? Смерть без Музгарки, ужасная голодная смерть. Хлебного припаса едва хватит до Крещенья, а там помирать...

Воет пурга, а старик вспоминает, как жил он с Музгаркой, как ходил на охоту и промышлял себе добычу. Куда он без собаки?

А тут еще волки... Учуяли беду, пришли к избушке и завыли. Целую ночь так-то выли, надрывая душу. Некому теперь пугнуть их, облаять, подманить на выстрел... Вспомнился старику случай, как одолевал его медведь-шатун. Шатунами называют медведей, которые вовремя не залегли с осени в берлогу и бродят по лесу. Такой шатун — самый опасный зверь... Вот и повадился медведь к избушке: учуял запасы у старика. Как ночь, так и придет. Два раза на крышу залезал и лапами разгребал снег. Потом выворотил дверь в казарме и утащил целый ворох запасенной стариком рыбы. Донял-таки шатун Елеску до самого нельзя. Озлобился на него старик за озорство, зарядил винтовку пулей и вышел с Музгаркой. Медведь так и прянул на старика и наверно бы его смял под себя, прежде чем тот успел бы в него выстрелить, но спас Музгарко. Ухватил он зверя сзади и посадил, а Елескина пуля не знала промаха... Да мало ли было случаев, когда собака спасала старика...

Музгарко издох перед самым Рождеством, когда мороз трещал в лесу. Дело было ночью. Елеска лежал на своей лавочке и дремал. Вдруг его точно что кольнуло. Вскочил он, вздул огня, зажег лучину, подошел к собаке, — Музгарко лежал мертвый. Елеска похолодел: это была его смерть.

— Музгарко, Музгарко... — повторял несчастный старик, целуя мертвого друга. — Што я теперь делать буду без тебя?

Не хотел Елеска, чтобы волки съели мертвого Музгарко, и закопал его в казарме. Три дня он долбил мерзлую землю, сделал могилку и со слезами похоронил в ней верного друга.

Остался один петушок, который по-прежнему будил старика ночью. Проснется Елеска и сейчас вспомнит про Музгарко. И сделается ему горько и тошно до смерти. Поговорить не с кем. Конечно, петушок птица занятная, а все-таки птица и ничего не понимает.

— Эх, Музгарко! — повторял Елеска по нескольку раз в день, чувствуя, как все начинает у него валиться из рук.

Бедным людям приходится забывать свое горе за работой. Так было и тут. Хлебные запасы приходили к концу, и пора было Елеске подумать о своей голове. А главное, тошно ему теперь показалось оставаться в своей избушке.

— Эх, брошу все, уйду домой на Колву, а то в Чердынь проберусь! — решил старик.

Поправил он лыжи, на которых еще молодым гонял оленей, снарядил котомку, взял запасу дней на пять, простился с Музгаркиной могилой и тронулся в путь. Жаль было петушка оставлять одного, и Елеска захватил его с собой: посадил в котомку и понес. Отошел старик до каменного мыса, оглянулся на свое жилье и заплакал: жаль стало насиженного теплого угла.

— Прощай, Музгарко...

Трудная дорога вела с зимовья на Колву. Сначала пришлось идти на лыжах по Студеной. Это было легко, но потом начались горы, и старик скоро выбился из сил. Прежде-то, как олень, бегал по горам, а тут на двадцати верстах обессилел. Хоть ложись и помирай... Выкопал он в снегу ямку поглубже, устлал хвоей, развел огонька, поел, что было в котомке, и прилег отдохнуть. И петушка закрыл котомкой... С устали он скоро заснул. Сколько он спал, долго ли, коротко ли, только проснулся от петушиного крика.

«Волки...» — мелькнуло у него в голове.

Но хочет он подняться и не может, точно кто его связал веревками. Даже глаз не может открыть... Еще раз крикнул петух и затих: его вместе с котомкой утащил из ямы волк. Хочет подняться старик, делает страшное усилие и слышит вдруг знакомый лай: точно где-то под землей взлаял Музгарко. Да, это он... Ближе, ближе — это он по следу нижним чутьем идет. Вот уже совсем близко, у самой ямы... Открывает Елеска глаза и видит: действительно, Музгарко, а с Музгаркой тот самый вогул, первый его хозяин, которого он в снегу схоронил.

— Ты здесь, дедушка? — спрашивает вогул, а сам смеется. — Я за тобой пришел...

Дунул холодный ветер, рванул комья снега с высоких елей и пихт, и посыпался он на мертвого Елеску; к утру от его ямки и следов не осталось.

ПОСТОЙКО

I

Едва только дворник отворил калитку, как Постойко с необыкновенной ловкостью проскользнул мимо него на улицу. Это случилось утром. Постойке необходимо было подраться с пойнтером из соседнего дома, — его выпускали погулять в это время.

— А, ты опять здесь, мужлан? — проворчал пойнтер, скаля свои белые длинные зубы и вытягивая хвост палкой. — Я тебе задам...

Постойко задрал еще сильнее свой пушистый хвост, свернутый кольцом, ощетинился и смело пошел на врага. Они встречались каждый день в это время и каждый раз дрались до остервенения. Охотничий пес не мог видеть равнодушно кудластого дворового пса, а тот в свою очередь сгорал от нетерпения запустить свои белые зубы в выхоленную кожу важничавшего барина. Пойнтера звали Аргусом, и он даже был раз на собачьей выставке в самом отборном обществе других породистых и таких же выхоленных собак. Враги медленно подходили друг к другу, поднимали шерсть, скалили зубы и только хотели вцепиться, как вдруг в воздухе свистнула длинная веревка и змеей обвила Аргуса. Он жалобно взвизгнул от боли, присел и даже закрыл глаза. А Постойко летел вдоль улицы стремглав, спасаясь от бежавших за ним людей с веревками. Он хотел улизнуть куда-нибудь в ворота, но везде все было еще заперто. Впереди выбежали дворники и загородили Постойке дорогу. Опять свистнула веревка, и Постойко очутился с арканом на шее.

— А, попался, голубчик! — говорил какой-то верзила, подтаскивая несчастную собаку к большому фургону.

Постойко сначала отчаянно сопротивлялся, но проклятая веревка ужасно давила шею, так что у него в глазах помутилось. Он даже не помнил, как его втолкнули в фургон. Там уже было до десятка разных собак, скромно жавшихся по углам: два мопса, болонка, сеттер, водолаз и несколько бездомных уличных собачонок, таких тощих и жалких, а в их числе и Аргус, забившийся со страху в самый дальний угол.

— Могли бы и повежливее обращаться с нами, — пропищала болонка, сторонясь от уличных собак. — Моя генеральша узнает, так задаст...

Эта противная собачонка ужасно важничала, и Постойко с удовольствием потрепал бы ее, но сейчас было не до нее. Пойманные собаки чувствовали себя сконфуженными и на время позабыли все свои собачьи расчеты. Спокойнее всех держал себя водолаз. Он не обращал ни на кого внимания, улегся по самой середине и зажмурился с такой важностью, точно какая важная особа.

— Господин водолаз, как вы полагаете? — обратилась к нему болонка, виляя пушистым белым хвостом. — Здесь так грязно, а я не привыкла... Наконец, какое общество... фи!.. Конечно, меня схватили по ошибке и сейчас же выпустят, но все-таки неприятно. Пахнет здесь отвратительно...

Водолаз полуоткрыл один глаз, презрительно посмотрел на болонку и еще важнее задремал.

— Вы совершенно правы, сударыня, — ответил за него один из мопсов, приятно оскалясь. — Случилось простое недоразумение... Мы все попали сюда по ошибке.

— Я предполагаю, что нас отправят на выставку, — откликнулся Аргус из своего угла: он немного оправился от страха. — Я уже раз был на выставке и могу сказать, что там совсем недурно. Главное, хорошо кормят...

Одна из уличных собачонок горько засмеялась. Нечего сказать, на хорошую выставку привезут: она уже бывала в фургоне и только по счастливой случайности вырвалась.

— Нас всех привезут в собачий приют и там повесят, — сообщила она приятную новость всей собачьей компании. — Я даже видела, как это делают. Длинный такой сарай, а в нем висят веревки...

— Ах, замолчите, мне дурно... — запищала болонка. — Ах, дурно!..

— Повесят? — удивился водолаз, открывая глаза. — Желал бы я знать, кто смеет подойти ко мне?..

Бедный Постойко весь задрожал, когда услыхал роковое слово. Он даже почувствовал, как будто его шею уже что-то давит. За что же повесят? Неужели за то, что он хотел подраться с Аргусом?.. И Постойко и Аргус старались не смотреть теперь друг на друга, точно никогда и не встречались. Отчасти им было совестно, а отчасти и не до того, чтобы продолжать старую вражду.

«Пусть уж лучше Аргуса повесят, — думал Постойко, — только меня бы выпустили...»

Конечно, так нехорошо было думать, но в скверных обстоятельствах каждый заботится больше всего только о себе одном. Фургон покатился дальше, и дверь с железной решеткой отворялась только для того, чтобы принять новые жертвы. Сегодняшняя охота на бродячих собак была особенно удачна, и верзила, заправлявший всем делом, решил, что на сегодня достаточно.

— Ступай домой, — сказал он кучеру.

Нечего сказать, приятное путешествие «домой»!.. Все собаки чувствовали себя очень скверно, а один маленький мопсик даже взвыл.

Помилуйте, что же это такое!.. А фургон все катился медленно и тяжело, точно на край света. Собак было много, и они поневоле толкали друг друга, когда фургон раскачивался в ухабах; а таких ухабов чем дальше, тем было больше. Таким образом, в этой толкотне Постойко и не заметил, как очутился рядом с Аргусом, даже ткнул его своей мордой в бок.

— Извините, вы меня тычете своей мордой... — заметил Аргус с ядовитой любезностью хорошо воспитанной собаки; но, узнав приятеля, прибавил шепотом: — А ведь скверная история, Постойко!.. Я, по крайней мере, не имею никакого желания болтаться на веревке... Впрочем, меня хозяин выкупит.

Постойко удрученно молчал. У него не было хозяина, а жил он как-то так, без хозяев. В город его привезли из деревни всего месяц назад.

II

Приют для бродячих собак помещался на краю города, где уже не было ни мостовых, ни фонарей, а маленькие избушки вросли совсем в землю, точно гнилые зубы. Помещение приюта состояло из двух старых сараев: в одном держали собак, а в другом их вешали. Когда фургон въехал во двор, из первого сарая послышался такой жалобный вой и лай, что у Постойки сердце сжалось. Пришел, видно, ему конец...

— Сегодня полон фургон, — хвастался верзила, когда вышел смотритель с коротенькой трубочкой в зубах.

— Рассортируйте их по породам... — приказал смотритель, равнодушно заглядывая в фургон.

— Господин смотритель! — пищала болонка. — Выпустите меня, пожалуйста: мне уж надоело сидеть в вашем дурацком фургоне.

Смотритель даже не взглянул на нее.

— Вот невежа!.. — ворчала болонка.

Когда отворили дверь сарая, где содержались собаки, там поднялись такой лай, визг и вой, что сжалось бы самое жестокое сердце. Верзила вытаскивал за шиворот из фургона одну собаку за другой и сносил в сарай. Появление новичка на время утишало бурю. Последним был выведен водолаз и помещен в особом отделении. С какой радостью встречали новичков сидевшие в заключении собаки, — точно дорогих гостей. Они их обнюхивали, лизали и ласкали, как родных. Постойко попал в отделение бездомных уличных собак, которые отнеслись к нему с большим сочувствием.

— Как это тебя угораздило... а? — спрашивал лохматый Барбос.

— Да уж так... Только хотел подраться с одним франтом, нас обоих и забрали. Я было задал тягу вдоль по улице, но тут дворники загородили дорогу. Одним словом, скверная история... Одно, что меня утешает, так это то, что и франт тоже попался. Он к охотничьим собакам посажен... Такой голенастый и хвост палкой.

— С ошейником?

— Да... Эти франты всегда в ошейниках щеголяют.

— Ну, так его хозяин выкупит.

В течение нескольких минут Постойко узнал все порядки этого собачьего приюта. Пойманных собак рассаживали по клеткам и держали пять дней. Если хозяин не приходил выкупать собаку, ее уводили в другой сарай и вздергивали на веревку. Постойко был ужасно огорчен: оставалось жить, может быть, всего пять дней... Это ужасно... И все из-за того только, что выскочил подраться с проклятым франтом. Впрочем, их и повесят вместе, потому что срок одинаковый. Плохое утешение, но все-таки утешение.

— Вот этой желтенькой собачонке осталось жить всего один день, — сообщал Барбос. — А вот той, пестрой, — сегодня...

— А тебе?

— Ну, мне еще долго: целых три дня. С часу на час жду, когда придут за мной. Порядочно-таки надоело здесь сидеть. Кстати, не хочешь ли закусить? Вот в корыте болтушка... Кушанье прескверное, но приходится жрать всякую дрянь...

Огорченный Постойко не мог даже подумать о пище. До еды ли, когда, того гляди, повесят! Он с ужасом смотрел на пеструю маленькую собачку, которая была уже на очереди. Бедная вздрагивала и жмурилась, когда слышались шаги и отворялась входная дверь. Может быть, это идут за ней.

— А ты все-таки закуси, — советовал Барбос. — Очень уж скучно здесь сидеть... Вон те франты, охотничьи собаки, не едят дня по три с горя, ну, а мы — простые дворняги, и нам не до церемоний. Голод не тетка... Ты из деревни?

Постойко рассказал свою историю. Родился и вырос он далеко от этого проклятого города, в деревне, где нет ни дворников, ни больших каменных дворов, ни собачьих приютов, ни фургонов, а все так просто: за деревней река, за рекой поля, за полями лес. Нынешним летом в деревню приехали господа на дачу. Вот он, на свою беду, познакомился с ними, вернее сказать, они сами познакомились с ним. Был у них такой кудрявый мальчик Боря — увидал деревенскую собачку и засмеялся. Какая смешная собака: шерсть торчит клочьями, хвост крючком, а цвет шерсти такой грязный, точно она сейчас из лужи. Да и кличка тоже смешная: Постойко!.. «Эй, Постойко, иди сюда!» Сначала Постойко отнесся к городскому мальчику очень недоверчиво, а потом соблазнился телячьей косточкой. Именно эта косточка и погубила его... Стал он сам приходить на дачу к господам и выжидал подачек. Боря любил с ним играть, и они вместе пропадали по целым дням в лесу, на полях, на реке. Ах, какое хорошее было время и как быстро оно промелькнуло! Постойко настолько познакомился, что смело приходил в комнаты, валялся по коврам и вообще чувствовал себя как дома. Главное, отличная была еда у господ: до того наешься, что даже дышать трудно. Но наступила осень, и господа начали собираться в город. Маленький Боря непременно захотел взять Постойка с собой, как его ни уговаривали оставить эту затею. Таким образом Постойко и попал в большой город, где Боря скоро совсем забыл его. Приютился Постойко на дворе и жил кое-как со дня на день. Помнила о нем только одна кухарка Андреевна, которая и кормила его и ласкала, — они были из одной деревни. Впрочем, Постойко очень скоро привык к бойкой городской жизни и любил показать свою деревенскую удаль на городских изнеженных собаках.

— Что же, можно и в городе жить, — согласился Барбос. — Только я одного не понимаю: за что такая честь этим моськам и болонкам? Даже обидно делается, когда на них смотришь... Ну, для чего они? Вот охотничьи собаки или водолазы — те другое дело. Положим, они важничают, но все-таки — настоящие собаки. А то какая-нибудь моська!.. тьфу!.. Даже и здесь им честь: их и вешают не в очередь, а ждут лишнюю неделю — не возьмет ли кто-нибудь. И находятся дураки — берут... Это просто несправедливо!.. Только бы мне выбраться отсюда, я бы задал моськам.

Не успел Барбос излить своего негодования, как появился смотритель в сопровождении горничной.

— Ваша собака сегодня пропала? — спрашивал смотритель.

— Да... Такая маленькая, беленькая... зовут Боби, — объяснила горничная.

— Я здесь, — запищала жалобно болонка.

— Ну, слава Богу, — обрадовалась горничная. — А то генеральша пообещала отказать мне от места, если не разыщу собаки.

Она уплатила деньги, взяла болонку на руки и ушла.

— Вот видишь, — заметил сердито Барбос. — Всегда так: настоящую собаку не ценят, а дрянь берегут и холят.

III

Как ужасно долго тянулись дни для заключенных... Даже ночь не приносила покоя. Собаки бредили во сне, лаяли и взвизгивали. Тревога начиналась вместе с дневным светом, который заглядывал в щели сарая золотистыми лучами и колебавшимися жирными пятнами света. Просыпались раньше других маленькие собачонки и начинали беспокойно прислушиваться к малейшему шуму извне. К ним присоединялись охотничьи. Густой лай водолаза слышался последним, точно кто колотил пудовой гирей по дну пустой бочки. Часто поднималась ложная тревога.

— Идут, идут!..

Вой и визг усиливались, превращаясь в дикий концерт, а потом все смолкало разом, когда никто не приходил.

Но вот слышались шаги... Все настораживалось. Собачий чуткий слух старался узнать знакомую походку. Начинались взвизгивания. Когда дверь растворялась и в нее врывался яркий дневной свет, все мгновенно стихало. У деревянных решеток виднелись собачьи головы, жадными глазами искавшие хозяев. Вот идет смотритель со своей неизменной трубочкой, за ним вышагивает верзила, ловивший собак арканом, — он же и вешал их. За ними являлись посетители, разыскивавшие своих собак. Чей-то хозяин пришел!.. Кого выпустят на волю?.. Водолаз чуть не разломал решетку, когда увидел своего хозяина. Как запрыгала эта тяжелая машина, оглушая лаем весь сарай!..

— Ну, что, брат, не понравилось? — шутил хозяин. — То-то, вперед будь умней...

Комнатные собачонки с визгом лезли к решетке, отталкивая друг друга. Некоторые становились на задние лапки. Но приходившие брали только своих собак и уходили. Смотритель обходил все отделения и коротко говорил:

— Повесьте очередных...

Верзила готов был, кажется, перевешать всех собак на свете, — с таким удовольствием он выбирал своих жертв. Из отделения, в котором сидел Постойко, уведена была пестрая собачка. Она так истомилась ожиданием, что совершенно покорно шла за своим мучителем; лучше смерть, чем это ужасное томление и неизвестность. Потом увели желтенькую собачку и старого охотничьего сеттера.

Так прошли три длинных, бесконечных

дня. Подходила очередь Барбоса, который заметно притих.

— Если сегодня за мной не придут... — говорил он утром. — Нет, этого не может быть!.. За что же меня вешать?.. Кажется, служил верой и правдой?..

— Придут, — успокаивал его Постойко. — Нельзя же оставлять хорошую собаку в таком положении...

Жалко было смотреть на этого Барбоса, когда отворялась дверь и когда он не находил своего хозяина среди входивших. «Мне всего осталось жить несколько часов, — говорили с отчаяньем эти добрые собачьи глаза. — Всего несколько часов...» Как быстро летело время! А тут всего несколько часов...

— Вот он!.. — крикнул однажды Барбос, опрометью бросаясь к решетке.

Но это была жестокая ошибка: пришли не за ним. Приведенный в отчаяние Барбос забился в угол и жалобно завыл. Это было такое горе, о каком знали только здесь, в этих ужасных стенах.

— Возьмите его, — сказал смотритель, указывая на Барбоса.

Барбоса увели, и Постойко почувствовал, как у него мороз пошел по коже: еще два дня, и его уведут точно так же. Ведь у него нет настоящего хозяина, как у охотничьих собак или этих противных мосек и болонок. Да, оставалось всего два дня, коротких два дня... Время здесь было и ужасно длинно и ужасно коротко. Он и ночью не мог спать. Грезилась деревня, поля, леса... Ах, зачем он тогда попался на глаза этому кудрявому Боре, который так скоро забыл его.

Постойко сильно похудел и мрачно забился в угол. Э, будь что будет, а от своей судьбы не уйдешь. Да...

Прошел четвертый день.

Наступил пятый. Постойко лежал на соломе и не поднимал даже головы, когда дверь отворялась; он столько раз ошибался, что теперь был не в силах ошибиться еще раз. Да, ему слышались и знакомые шаги, и знакомый голос, и все это оказывалось ошибкой. Может ли быть что-нибудь ужаснее!.. Холодное отчаяние овладело Постойком, и он ждал своей участи. Ах, только бы скорее... И в минуту такого отчаянья он вдруг слышит:

— Не у вас ли наша собака?

— А какой она породы?

— Да никакой породы, батюшка... Наша деревенская собака.

— Ну, назовите масть?

— Да масти нет никакой... так, — хвост закорючкой, а сама лохматая. Вы только мне покажите, — уж я узнаю...

— Ее Постойком зовут, — прибавил детский голос.

Постойко не поверил сначала собственным ушам... Столько раз он напрасно слышал эти голоса...

— Да вот он сидит, Постойко-то наш! —

заговорила Андреевна, указывая на него. — Ах ты, милаш... Да как же ты похудел!.. Бедный...

Постойко был выпущен и как сумасшедший вертелся около Андреевны и Бори.

— Если бы вы сегодня не пришли, конец вашему Постойке, — говорил смотритель. — Вон у нас сколько собак сидит… И жаль другую, а приходится убивать.

Андреевна и Боря обошли все отделения и долго ласкали визжавших собак, просившихся на волю. Добрая Андреевна даже прослезилась: если бы она была богата, откупила бы на волю всех. Постойко в это время разыскал Аргуса.

— Прощай, братец, — проговорил он, виляя хвостом. — Может быть, и за тобой придут…

— Нет, меня позабыли… — уныло ответил Аргус, провожая счастливца своими умными глазами.

С какой бешеной радостью вырвался Постойко на волю, как он прыгал, как визжал; а там, в сарае, раздавались такие жалобные вопли, стоны и отчаянный лай.

— Кабы мы с тобой не земляки были, так висеть бы тебе на веревочке! — наставительно говорила Андреевна прыгавшему около нее Постойке. — Смотри у меня, пострел.

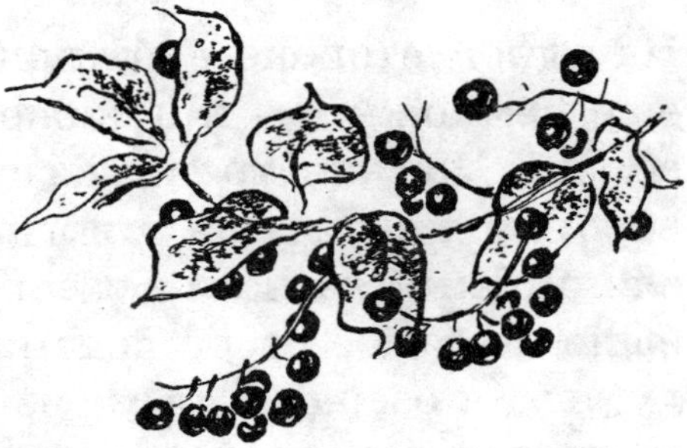

ПРИЕМЫШ

Из рассказов старого охотника

I

Дождливый летний день. Я люблю в такую погоду бродить по лесу, особенно когда впереди есть теплый уголок, где можно обсушиться и обогреться. Да к тому же летний дождь — теплый. В городе в такую погоду — грязь, а в лесу земля жадно впитывает влагу, и вы идете по чуть отсыревшему ковру из прошлогоднего палого листа и осыпавшихся игл сосны и ели. Деревья покрыты дождевыми каплями, которые сыплются на вас при каждом движении. А когда выглянет солнце после такого дождя, лес так ярко зеленеет и весь горит алмазными искрами. Что-то праздничное и радостное кругом вас, и вы чувствуете себя на этом празднике желанным, дорогим гостем.

Именно в такой дождливый день я подходил к Светлому озеру, к знакомому сторожу на рыбачьей сайме[1] Тарасу. Дождь уже редел.

[1] Саймой на Урале называют рыбацкие стоянки. *(Примеч. Д. Н. Мамина-Сибиряка.)*

На одной стороне неба показались просветы, еще немножко — и покажется горячее летнее солнце. Лесная тропинка сделала крутой поворот, и я вышел на отлогий мыс, вдававшийся широким языком в озеро. Собственно, здесь было не самое озеро, а широкий проток между двумя озерами, и сайма приткнулась в излучине на низком берегу, где в заливчике ютились рыбачьи лодки. Проток между озерами образовался благодаря большому лесистому острову, разлегшемуся зеленой шапкой напротив саймы.

Мое появление на мысу вызвало сторожевой оклик собаки Тараса, — на незнакомых людей она всегда лаяла особенным образом, отрывисто и резко, точно сердито спрашивала: «Кто идет?» Я люблю таких простых собачонок за их необыкновенный ум и верную службу...

Рыбачья избушка издали казалась повернутой вверх дном большой лодкой, — это горбилась старая деревянная крыша, проросшая веселой зеленой травой. Кругом избушки поднималась густая поросль из иван-чая, шалфея и «медвежьих дудок», так что у подходившего к избушке человека виднелась одна голова. Такая густая трава росла только по берегам озера, потому что здесь достаточно было влаги и почва была жирная.

Когда я подходил уже совсем к избушке, из травы кубарем вылетела на меня пестрая собачонка и залилась отчаянным лаем.

— Соболько, перестань... Не узнал?

Соболько остановился в раздумье, но, видимо, еще не верил в старое знакомство. Он осторожно подошел, обнюхал мои охотничьи сапоги и только после этой церемонии виновато завилял хвостом. Дескать, виноват, ошибся, — а все-таки я должен стеречь избушку.

Избушка оказалась пустой. Хозяина не было, то есть он, вероятно, отправился на озеро осматривать какую-нибудь рыболовную снасть. Кругом избушки все говорило о присутствии живого человека: слабо курившийся огонек, охапка только что нарубленных дров, сушившаяся на кольях сеть, топор, воткнутый в обрубок дерева. В приотворенную дверь саймы виднелось все хозяйство Тараса: ружье на стене, несколько горшков на припечке, сундучок под лавкой, развешанные снасти. Избушка была довольно просторная, потому что зимой во время рыбного лова в ней помещалась целая артель рабочих. Летом старик жил один. Несмотря ни на какую погоду, он каждый день жарко натапливал русскую печь и спал на полатях. Эта любовь к теплу объяснялась почтенным возрастом Тараса: ему было около девяноста лет. Я говорю «около», потому что сам Тарас забыл, когда он родился. «Еще до француза», как объяснял он, то есть до нашествия французов в Россию в 1812 году.

Сняв намокшую куртку и развесив охотничьи доспехи по стенке, я принялся разводить огонь. Соболько вертелся около меня, предчувствуя какую-нибудь поживу. Весело разгорелся огонек, пустив кверху синюю струйку дыма. Дождь уже прошел. По небу неслись разорванные облака, роняя редкие капли. Кое-где синели просветы неба. А потом показалось и солнце, горячее июльское солнце, под лучами которого мокрая трава точно задымилась. Вода в озере стояла тихо-тихо, как это бывает только после дождя. Пахло свежей травой, шалфеем, смолистым ароматом недалеко стоявшего сосняка. Вообще хорошо, как только может быть хорошо в таком глухом лесном уголке. Направо, где кончался проток, синела гладь Светлого озера, а за зубчатой каймой поднимались горы. Чудный уголок! И недаром старый Тарас прожил здесь целых сорок лет. Где-нибудь в городе он не прожил бы и половины, потому что в городе не купишь ни за какие деньги такого чистого воздуха, а главное — этого спокойствия, которое охватывало здесь. Хорошо на сайме!.. Весело горит яркий огонек; начинает припекать горячее солнце, глазам больно смотреть на сверкающую даль чудного озера. Так сидел бы здесь и, кажется, не расстался бы с чудным лесным привольем. Мысль о городе мелькает в голове, как дурной сон.

В ожидании старика я прикрепил на длинной палке медный походный чайник с водой и повесил его над огнем. Вода уже начинала кипеть, а старика все не было.

— Куда бы ему деться? — раздумывал я

вслух. — Снасти осматривают утром, а теперь полдень… Может быть, поехал посмотреть, не ловит ли кто рыбу без спроса… Соболько, куда девался твой хозяин?

Умная собака только виляла пушистым хвостом, облизывалась и нетерпеливо взвизгивала. По наружности Соболько принадлежал к типу так называемых «промысловых» собак. Небольшого роста, с острой мордой, стоячими ушами и загнутым вверх хвостом, он, пожалуй, напоминал обыкновенную дворнягу, с той разницей, что дворняга не нашла бы в лесу белки, не сумела бы «облаять» глухаря, выследить оленя, — одним словом, настоящая промысловая собака, лучший друг человека. Нужно видеть такую собаку именно в лесу, чтобы в полной мере оценить все ее достоинства.

Когда этот «лучший друг человека» радостно взвизгнул, я понял, что он завидел хозяина. Действительно, в протоке черной точкой показалась рыбачья лодка, огибавшая остров. Это и был Тарас... Он плыл, стоя на ногах, и ловко работал одним веслом — настоящие рыбаки все так плавают на своих лодках-однодеревках, называемых не без основания «душегубками». Когда он подплыл ближе, я заметил, к удивлению, плывшего перед лодкой лебедя.

— Ступай домой, гуляка! — ворчал старик, подгоняя красиво плывшую птицу. — Ступай, ступай... Вот я тебе дам — уплывать Бог знает куда... Ступай домой, гуляка!

Лебедь красиво подплыл к сайме, вышел на берег, встряхнулся и, тяжело переваливаясь на своих кривых черных ногах, направился к избушке.

II

Старик Тарас был высокого роста, с окладистой седой бородой и строгими большими серыми глазами. Он все лето ходил босой и без шляпы. Замечательно, что у него все зубы были целы и волосы на голове сохранились. Загорелое широкое лицо было изборождено глубокими морщинами. В жаркое время он ходил в одной рубахе из крестьянского синего холста.

— Здравствуй, Тарас!

— Здравствуй, барин!

— Откуда Бог несет?

— А вот за *Приемышем* плавал, за лебедем... Все тут вертелся, в протоке, а потом вдруг и пропал... Ну, я сейчас за ним. Выехал в озеро — нет; по заводям проплыл — нет; а он за островом плавает.

— Откуда достал-то его, лебедя?

— А Бог послал, да!.. Тут охотники из господ наезжали; ну, лебедя с лебедушкой и пристрелили, а вот этот остался. Забился в камыши и сидит. Летать-то не умеет, вот и спрятался, ребячьим делом. Я, конечно, ставил сети подле камышей, ну, и поймал его. Пропадет один-то, ястреба заедят, потому как смыслу в ем еще настоящего нет. Сиротой остался. Вот я его привез и держу. И он тоже привык... Теперь вот скоро месяц будет, как живем вместе. Утром на заре поднимется, поплавает в протоке, покормится, потом и домой. Знает, когда я встаю, и ждет, чтобы покормили. Умная птица, одним словом, и свой порядок знает.

Старик говорил необыкновенно любовно, как о близком человеке. Лебедь приковылял к самой избушке и, очевидно, выжидал какой-нибудь подачки.

— Улетит он у тебя, дедушка... — заметил я.

— Зачем ему лететь? И здесь хорошо: сыт, кругом вода...

— А зимой?

— Перезимует вместе со мной в избушке. Места хватит, а нам с Собольком веселей. Както один охотник забрел ко мне на сайму, увидал лебедя и говорит вот так же: «Улетит, ежели крылья не подрежешь». А как же можно увечить Божью птицу? Пусть живет, как ей от Господа указано... Человеку указано одно, а птице — другое... Не возьму я в толк, зачем господа лебедей застрелили. Ведь и есть не станут, а так, для озорства...

Лебедь точно понимал слова старика и посматривал на него своими умными глазами.

— А как он с Собольком? — спросил я.

— Сперва-то боялся, а потом привык. Теперь лебедь-то в другой раз у Соболька и кусок отнимает. Пес заворчит на него, а лебедь его — крылом. Смешно на них со стороны смотреть. А то гулять вместе отправятся: лебедь по воде, а Соболько — по берегу. Пробовал пес плавать за ним, ну, да ремесло-то не то: чуть не потонул. А как лебедь уплывет,

Соболько ищет его. Сядет на бережку и воет... Дескать, скучно мне, псу, без тебя, друг сердешный. Так вот и живем втроем.

Я очень любил старика. Рассказывал уж он очень хорошо и знал много. Бывают такие хорошие, умные старики. Много летних ночей приходилось коротать на сайме, и каждый раз узнаешь что-нибудь новое. Прежде Тарас был охотником и знал места кругом верст на пятьдесят, знал всякий обычай лесной птицы и лесного зверя; а теперь не мог уходить далеко и знал одну свою рыбу. На лодке плавать легче, чем ходить с ружьем по лесу, а особенно по горам. Теперь ружье оставалось у Тараса только по старой памяти да на всякий случай, если бы забежал волк. По зимам волки заглядывали на сайму и давно уже точили зубы на Соболька. Только Соболько был хитер и не давался волкам.

Я остался на сайме на целый день. Вечером ездили удить рыбу и ставили сети на ночь. Хорошо Светлое озеро, и недаром оно названо Светлым, — вода в нем совершенно прозрачная, так что плывешь на лодке и видишь все дно на глубине нескольких сажен. Видны и пестрые камешки, и желтый речной песок, и водоросли, видно, как и рыба ходит «руном», то есть стадом. Таких горных озер на Урале сотни, и все они отличаются необыкновенной красотой. От других Светлое озеро отличалось тем, что прилегало к горам только одной стороной, а другой выходило «в степь», где начиналась благословенная Башкирия. Кругом Светлого озера разлеглись самые привольные места, а из него выходила бойкая горная река, разливавшаяся по степи на целую тысячу верст. Длиной озеро было до двадцати верст да в ширину около девяти. Глубина достигала в некоторых местах сажен пятнадцати... Особенную красоту придавала ему группа лесистых островов. Один такой островок отдалился на самую середину озера и назывался Голодаем, потому что, попав на него в дурную погоду, рыбаки не раз голодали по нескольку дней.

Тарас жил на Светлом уже сорок лет. Когда-то у него были и своя семья и дом, а теперь он жил бобылем. Дети перемерли, жена тоже умерла, и Тарас безвыходно оставался на Светлом по целым годам.

— Не скучно тебе, дедушка? — спросил я, когда мы возвращались с рыбной ловли. — Жутко одинокому-то в лесу...

— Одному? Тоже и скажет барин... Я тут князь князем живу. Все у меня есть... И птица всякая, и рыба, и трава. Конечно, говорить они не умеют, да я-то понимаю все. Сердце радуется в другой раз посмотреть на Божью тварь... У всякой свой порядок и свой ум. Ты думаешь, зря рыбка плавает в воде или птица по лесу летает? Нет, у них заботы не меньше нашего... Эвон, погляди, лебедь-то дожидается нас с Собольком. Ах, прокурат!..

Старик ужасно был доволен своим Приемышем, и все разговоры в конце концов сводились на него.

— Гордая, настоящая царская птица, — объяснил он. — Помани его кормом, да не дай, в другой раз и не пойдет. Свой карахтер тоже имеет, даром что птица... С Собольком тоже себя очень гордо держит. Чуть что, сейчас крылом, а то и носом долбанет. Известно, пес в другой раз созорничать захочет, зубами норовит за хвост поймать, а лебедь его по морде... Это тоже не игрушка, чтобы за хвост хватать.

Я переночевал и утром на другой день собрался уходить.

— Ужо по осени приходи, — говорил старик на прощанье. — Тогда рыбу лучить будем с острогой... Ну, и рябчиков постреляем. Осенний рябчик жирный.

— Хорошо, дедушка, приеду как-нибудь.

Когда я отходил, старик меня вернул:

— Посмотри-ка, барин, как лебедь-то разыгрался с Собольком...

Действительно, стоило полюбоваться оригинальной картиной. Лебедь стоял раскрыв крылья, а Соболько с визгом и лаем нападал на него. Умная птица вытягивала шею и шипела на собаку, как это делают гуси. Старый Тарас от души смеялся над этой сценой, как ребенок.

III

В следующий раз я попал на Светлое озеро уже поздней осенью, когда выпал первый снег. Лес и теперь был хорош. Кое-где на березах еще оставался желтый лист. Ели и сосны казались зеленее, чем летом. Сухая осенняя трава выглядывала из-под снега желтой щеткой. Мертвая тишина царила кругом, точно природа, утомленная летней кипучей работой, теперь отдыхала. Светлое озеро казалось больше, потому что не стало прибрежной зелени. Прозрачная вода потемнела, и в берег с шумом била тяжелая осенняя волна...

Избушка Тараса стояла на том же месте, но казалась выше, потому что не стало окружавшей ее высокой травы. Навстречу мне выскочил тот же Соболько. Теперь он узнал меня и ласково завилял хвостом еще издали. Тарас был дома. Он чинил невод для зимнего лова.

— Здравствуй, старина!..

— Здравствуй, барин!

— Ну, как поживаешь?

— Да ничего... По осени-то, к первому снегу, прихворнул малость. Ноги болели... К непогоде у меня завсегда так бывает.

Старик действительно имел утомленный вид. Он казался теперь таким дряхлым и жалким. Впрочем, это происходило, как оказалось, совсем не от болезни. За чаем мы разговорились, и старик рассказал свое горе.

— Помнишь, барин, лебедя-то?

— Приемыша?

— Он самый... Ах, хороша была птица!.. А вот мы опять с Собольком остались одни... Да, не стало Приемыша.

— Убили охотники?

— Нет, сам ушел... Вот как мне обидно это, барин!.. Уж я ли, кажется, не ухаживал за ним, я ли не водился!.. Из рук кормил... Он ко мне и на голос шел. Плавает он по озеру, — я его кликну, он и подплывает. Ученая птица. И ведь совсем привыкла... да! Уж в заморозки грех вышел. На перелете стадо лебедей спустилось на Светлое озеро. Ну, отдыхают, кормятся, плавают, а я любуюсь. Пусть Божья птица с силой соберется: не близкое место лететь... Ну, а тут и вышел грех. Мой-то Приемыш сначала сторонился от других лебедей: подплывет к ним — и назад. Те гогочут по-своему, зовут его, а он домой... Дескать, у меня свой дом есть. Так дня три это у них было. Всё, значит, переговариваются по-своему, по-птичьему. Ну, а потом, вижу, мой Приемыш затосковал... Вот все равно как человек тоскует. Выйдет это на берег, встанет на одну ногу и начнет кричать. Да ведь как жалобно кричит... На меня тоску нагонит, а Соболько, дурак, волком воет. Известно, вольная птица, кровь-то сказалась...

Старик замолчал и тяжело вздохнул.

— Ну, и что же, дедушка?

— Ах, и не спрашивай... Запер я его в избушку на целый день, так он и тут донял. Станет на одну ногу у самой двери и стоит, пока не сгонишь его с места. Только вот не скажет человечьим языком: «Пусти, дедушка, к товарищам. Они-то в теплую сторону полетят, а что я с вами тут буду зимой делать?» Ах ты, думаю, задача! Пустить — улетит за стадом и пропадет...

— Почему пропадет?

— А как же?.. Те-то на вольной воле выросли. Их, молодые которые, отец с матерью летать выучили. Ведь ты думаешь, как у них? Подрастут лебедята — отец с матерью выведут их сперва на воду, а потом начнут учить летать. Исподволь учат: всё дальше да дальше. Своими глазами я видел, как молодых обучают к перелету. Сначала особняком учат, потом небольшими стаями, а потом уже сгрудятся в одно большое стадо. Похоже на то, как солдат муштруют... Ну, а мой-то Приемыш один вырос и, почитай, никуда не летал. Поплавает по озеру — только и всего ремесла. Где же ему перелететь? Выбьется из сил, отстанет от стада и пропадет... Непривычен к дальнему лёту.

Старик опять замолчал.

— А пришлось выпустить, — с грустью заговорил он. — Все равно, думаю, ежели удержу его на зиму, затоскует и схиреет. Уж птица такая особенная. Ну, и выпустил. Пристал мой Приемыш к стаду, поплавал с ним день, а к вечеру опять домой. Так два дня приплывал. Тоже, хоть и птица, а тяжело с своим домом расставаться. Это он прощаться плавал, барин... В последний-то раз отплыл от берега этак сажен на двадцать, остановился и как, братец ты мой, крикнет по-своему. Дескать:

«Спасибо за хлеб, за соль!..» Только я его и видел. Остались мы опять с Собольком одни. Первое-то время сильно мы оба тосковали. Спрошу его: «Соболько, а где наш Приемыш?» А Соболько сейчас выть... Значит, жалеет. И сейчас на берег, и сейчас искать друга милого... Мне по ночам все грезилось, что Приемыш-то тут вот полощется у берега и крылышками хлопает. Выйду — никого нет... Вот какое дело вышло, барин.

СЕРАЯ ШЕЙКА

I

Первый осенний холод, от которого пожелтела трава, привел всех птиц в большую тревогу. Все начали готовиться в далекий путь, и все имели такой серьезный, озабоченный вид. Да, нелегко перелететь пространство в несколько тысяч верст... Сколько бедных птиц дорогой выбьются из сил, сколько погибнут от разных случайностей, — вообще было о чем серьезно подумать.

Серьезная большая птица, как лебеди, гуси и утки, собиралась в дорогу с важным видом, сознавая всю трудность предстоящего подвига; а более всех шумели, суетились и хлопотали маленькие птички, как кулички-песочники, кулички-плавунчики, чернозобики, черныши, зуйки. Они давно уж собирались стайками и переносились с одного берега на другой по отмелям и болотам с такой быстротой, точно кто бросил горсть гороху. У маленьких птичек была такая большая работа...

Лес стоял темный и молчаливый, потому

что главные певцы улетели, не дожидаясь холода.

— И куда эта мелочь торопится! — ворчал старый Селезень, не любивший себя беспокоить. — В свое время все улетим... Не понимаю, о чем тут беспокоиться.

— Ты всегда был лентяем, поэтому тебе и неприятно смотреть на чужие хлопоты, — объяснила его жена, старая Утка.

— Я был лентяем? Ты просто несправедлива ко мне, и больше ничего. Может быть, я побольше всех забочусь, а только не показываю вида. Толку от этого немного, если буду бегать с утра до ночи по берегу, кричать, мешать другим, надоедать всем.

Утка вообще была не совсем довольна своим супругом, а теперь окончательно рассердилась:

— Ты посмотри на других-то, лентяй! Вон наши соседи, гуси или лебеди, — любо на них посмотреть. Живут душа в душу... Небось лебедь или гусь не бросит своего гнезда и всегда впереди выводка. Да, да... А тебе до детей и дела нет. Только и думаешь о себе, чтобы набить зоб. Лентяй, одним словом... Смотреть-то на тебя даже противно!

— Не ворчи, старуха!.. Ведь я ничего не говорю, что у тебя такой неприятный характер. У всякого есть свои недостатки... Я не виноват, что гусь — глупая птица и поэтому нянчится со своим выводком. Вообще мое правило — не вмешиваться в чужие дела. Зачем? Пусть всякий живет по-своему.

Селезень любил серьезные рассуждения, причем оказывалось как-то так, что именно он, Селезень, всегда прав, всегда умен и всегда лучше всех. Утка давно к этому привыкла, а сейчас волновалась по совершенно особенному случаю.

— Какой ты отец? — накинулась она на мужа. — Отцы заботятся о детях, а тебе — хоть трава не расти!..

— Ты это о Серой Шейке говоришь? Что же я могу поделать, если она не может летать? Я не виноват...

Серой Шейкой они называли свою калеку дочь, у которой было переломлено крыло еще весной, когда подкралась к выводку Лиса и схватила утенка. Старая Утка смело бросилась на врага и отбила утенка; но одно крылышко оказалось сломанным.

— Даже и подумать страшно, как мы покинем здесь Серую Шейку одну, — повторяла Утка со слезами. — Все улетят, а она останется одна-одинешенька. Да, совсем одна... Мы улетим на юг, в тепло, а она, бедняжка, здесь будет мерзнуть... Ведь она наша дочь, и как я ее люблю, мою Серую Шейку! Знаешь, старик, останусь-ка я с ней зимовать здесь вместе...

— А другие дети?

— Те здоровы, обойдутся и без меня.

Селезень всегда старался замять разговор, когда речь заходила о Серой Шейке. Конечно, он тоже любил ее, но зачем же напрасно тревожить себя? Ну, останется, ну, замерзнет, — жаль, конечно, а все-таки ничего не поделаешь. Наконец, нужно подумать и о других детях. Жена вечно волнуется, а нужно смотреть на вещи серьезно. Селезень про себя жалел жену, но не понимал в полной мере ее материнского горя. Уж лучше было бы, если бы тогда Лиса совсем съела Серую Шейку, — ведь все равно она должна погибнуть зимою.

II

Старая Утка ввиду близившейся разлуки относилась к дочери-калеке с удвоенной нежностью. Бедняжка еще не знала, что такое разлука и одиночество, и смотрела на сборы других в дорогу с любопытством новичка. Правда, ей иногда делалось завидно, что ее братья и сестры так весело собираются к отлету, что они будут опять где-то там, далеко-далеко, где не бывает зимы.

— Ведь вы весной вернетесь? — спрашивала Серая Шейка у матери.

— Да, да, вернемся, моя дорогая... И опять будем жить все вместе.

Для утешения начинавшей задумываться Серой Шейки мать рассказала ей несколько таких же случаев, когда утки оставались на зиму. Она была лично знакома с двумя такими парами.

— Как-нибудь, милая, пробьешься, — успокаивала старая Утка. — Сначала поскучаешь, а потом привыкнешь. Если бы можно было тебя перенести на теплый ключ, что и зимой не замерзает, — совсем было бы хорошо. Это недалеко отсюда... Впрочем, что же и говорить-то попусту, все равно нам не перенести тебя туда!

— Я буду все время думать о вас... — повторяла бедная Серая Шейка. — Все буду думать: где вы, что вы делаете, весело ли вам? Все равно и будет, точно и я с вами вместе.

Старой Утке нужно было собрать все силы, чтобы не выдать своего отчаяния. Она старалась казаться веселой и плакала потихоньку ото всех. Ах, как ей было жаль милой, бедненькой Серой Шейки... Других детей она теперь почти не замечала и не обращала на них внимания, и ей казалось, что она даже совсем их не любит.

А как быстро летело время... Был уже целый ряд холодных утренников, а от инея пожелтели березки и покраснели осины. Вода в реке потемнела, и сама река казалась больше, потому что берега оголели, — береговая поросль быстро теряла листву. Холодный осенний ветер обрывал засыхавшие листья и уносил их. Небо часто покрывалось тяжелыми осенними облаками, ронявшими мелкий осенний дождь. Вообще хорошего было мало, и который день уже неслись мимо стаи перелетной птицы... Первыми тронулись болотные птицы, потому что болота уже начинали замерзать. Дольше всех оставались водоплавающие. Серую Шейку больше всего огорчал перелет журавлей, потому что они так жалобно курлыкали, точно звали ее с собой. У нее еще в первый раз сжалось сердце от какого-то тайного предчувствия, и она долго провожала глазами уносившуюся в небе журавлиную стаю.

«Как им, должно быть, хорошо», — думала Серая Шейка.

Лебеди, гуси и утки тоже начинали готовиться к отлету. Отдельные гнезда соединялись в большие стаи. Старые и бывалые птицы учили молодых. Каждое утро эта молодежь с веселым криком делала большие прогулки, чтобы укрепить крылья для далекого перелета. Умные вожаки сначала обучали отдельные партии, а потом всех вместе... Сколько было крика, молодого веселья и радости... Одна Серая Шейка не могла принимать участия в этих прогулках и любовалась ими только издали. Что делать, приходилось мириться со своей судьбой. Зато как она плавала, как ныряла! Вода для нее составляла все.

— Нужно отправляться... пора! — говорили старики вожаки. — Что нам здесь ждать?

А время летело, быстро летело... Наступил и роковой день. Вся стая сбилась в одну живую кучу на реке. Это было ранним осенним утром, когда вода еще была покрыта густым туманом. Утиный косяк сбился из трехсот штук. Слышно было только кряканье главных вожаков. Старая Утка не спала всю ночь, — это была последняя ночь, которую она проводила вместе с Серой Шейкой.

— Ты держись вон около того берега, где в реку сбегает ключик, — советовала она. — Там вода не замерзнет целую зиму...

Серая Шейка держалась в стороне от косяка, как чужая... Да, все были так заняты общим отлетом, что на нее никто не обращал внимания. У старой Утки изболелось все сердце, глядя на бедную Серую Шейку. Несколько раз она решала про себя, что останется; но как останешься, когда есть другие дети и нужно лететь вместе с косяком?..

— Ну, трогай! — громко скомандовал главный вожак, и стая поднялась разом вверх.

Серая Шейка осталась на реке одна и долго провожала глазами улетавший косяк. Сначала все летели одной живой кучей, а потом вытянулись в правильный треугольник и скрылись.

«Неужели я совсем одна? — думала Серая Шейка, заливаясь слезами. — Лучше бы было, если бы тогда Лиса меня съела...»

III

Река, на которой осталась Серая Шейка, весело катилась в горах, покрытых густым лесом. Место было глухое, и никакого жилья кругом. По утрам вода у берегов начинала замерзать, а днем тонкий, как стекло, лед таял.

«Неужели вся река замерзнет?» — думала Серая Шейка с ужасом.

Скучно ей было одной, и она все думала про своих улетевших братьев и сестер. Где-то

они сейчас? Благополучно ли долетели? Вспоминают ли про нее? Времени было достаточно, чтобы подумать обо всем. Узнала она и одиночество. Река была пуста, и жизнь сохранялась только в лесу, где посвистывали рябчики, прыгали белки и зайцы. Раз со скуки Серая Шейка забралась в лес и страшно перепугалась, когда из-под куста кубарем вылетел Заяц.

— Ах, как ты меня напугала, глупая! — проговорил Заяц, немного успокоившись. — Душа в пятки ушла... И зачем ты толчешься здесь? Ведь все утки давно улетели...

— Я не могу летать: Лиса мне крылышко перекусила, когда я еще была совсем маленькой...

— Уж эта мне Лиса!.. Нет хуже зверя. Она и до меня давно добирается... Ты берегись ее, особенно когда река покроется льдом. Как раз сцапает...

Они познакомились. Заяц был такой же беззащитный, как и Серая Шейка, и спасал свою жизнь постоянным бегством.

— Если бы мне крылья, как птице, так я бы, кажется, никого на свете не боялся!.. У тебя вот хоть и крыльев нет, так зато ты плавать умеешь, а не то возьмешь и нырнешь в воду, — говорил он. — А я постоянно дрожу со страху... У меня — кругом враги. Летом еще можно спрятаться куда-нибудь, а зимой все видно.

Скоро выпал и первый снег, а река все еще не поддавалась холоду. Все, что замерзало по ночам, вода разбивала. Борьба шла не на живот, а на смерть. Всего опаснее были ясные, звездные ночи, когда все затихало и на реке не было волн. Река точно засыпала, и холод старался сковать ее льдом сонную. Так и случилось. Была тихая-тихая звездная ночь. Тихо стоял темный лес на берегу, точно стража из великанов. Горы казались выше, как это бывает ночью. Высокий месяц обливал все своим трепетным искрившимся светом. Бурлившая днем горная река присмирела, и к ней тихо-тихо подкрался холод, крепко-крепко обнял гордую, непокорную красавицу и точно прикрыл ее зеркальным стеклом. Серая Шейка была в отчаянии, потому что не замерзла только самая середина реки, где образовалась широкая полынья. Свободного места, где можно было плавать, оставалось не больше пятнадцати сажен. Огорчение Серой Шейки дошло до последней степени, когда на берегу показалась Лиса, — это была та самая Лиса, которая переломила ей крыло.

— А, старая знакомая, здравствуй! — ласково проговорила Лиса, останавливаясь на берегу. — Давненько не видались... Поздравляю с зимой.

— Уходи, пожалуйста, я совсем не хочу с тобой разговаривать, — ответила Серая Шейка.

— Это за мою-то ласку! Хороша же ты, нечего сказать!.. А впрочем, про меня много лишнего говорят. Сами наделают что-нибудь, а потом на меня и свалят... Пока — до свиданья!

Когда Лиса убралась, приковылял Заяц и сказал:

— Берегись, Серая Шейка: она опять придет.

И Серая Шейка тоже начала бояться, как боялся Заяц. Бедная даже не могла любоваться творившимися кругом нее чудесами. Наступила уже настоящая зима. Земля была покрыта белоснежным ковром. Не оставалось ни одного темного пятнышка. Даже голые березы, ольхи, ивы и рябины убрались инеем, точно серебристым пухом. А ели сделались еще важнее. Они стояли засыпанные снегом, как будто надели дорогую теплую шубу. Да, чу́дно, хорошо было кругом; а бедная Серая Шейка знала только одно: что эта красота не для нее, и трепетала при одной мысли, что ее полынья вот-вот замерзнет и ей некуда будет деться. Лиса действительно пришла через несколько дней, села на берегу и опять заговорила:

— Соскучилась я по тебе, уточка... Выходи сюда; а не хочешь, так я сама к тебе приду. Я не спесива...

И Лиса принялась ползти осторожно по льду к самой полынье. У Серой Шейки замерло сердце. Но Лиса не могла подобраться к самой воде, потому что там лед был еще очень тонок. Она положила голову на передние лапки, облизнулась и проговорила:

— Какая ты глупая, уточка... Вылезай на лед! А впрочем, до свиданья! Я тороплюсь по своим делам...

Лиса начала приходить каждый день — проведать, не застыла ли полынья. Наступившие морозы делали свое дело. От большой полыньи оставалось всего одно окно в сажень величиной. Лед был крепкий, и Лиса садилась на самом краю. Бедная Серая Шейка со страху ныряла в воду, а Лиса сидела и зло подсмеивалась над ней:

— Ничего, ныряй, а я тебя все равно съем... Выходи лучше сама.

Заяц видел с берега, что проделывала Лиса, и возмущался всем своим заячьим сердцем:

— Ах, какая бессовестная эта Лиса... Какая несчастная эта Серая Шейка! Съест ее Лиса...

IV

По всей вероятности, Лиса и съела бы Серую Шейку, когда полынья замерзла бы совсем, но случилось иначе. Заяц все видел своими собственными косыми глазами.

Дело было утром. Заяц выскочил из своего логовища покормиться и поиграть с другими зайцами. Мороз был здоровый, и зайцы грелись, поколачивая лапку о лапку. Хотя и холодно, а все-таки весело.

— Братцы, берегитесь! — крикнул кто-то.

Действительно, опасность была на носу. На опушке леса стоял сгорбленный старичок охотник, который подкрался на лыжах совершенно неслышно и высматривал, которого бы зайца застрелить.

«Эх, теплая старухе шуба будет», — соображал он, выбирая самого крупного зайца.

Он даже прицелился из ружья, но зайцы его заметили и кинулись в лес как сумасшедшие.

— Ах, лукавцы! — рассердился старичок. — Вот ужо я вас... Того не понимают, глупые, что нельзя старухе без шубы. Не мерзнуть же ей... А вы Акинтича не обманете, сколько ни бегайте. Акинтич-то похитрее будет... А старуха Акинтичу вон как наказывала: «Ты смотри, старик, без шубы не приходи!» А вы сигать...

Старичок пустился разыскивать зайцев по следам, но зайцы рассыпались по лесу, как горох. Старичок порядком измучился, обругал лукавых зайцев и присел на берегу реки отдохнуть.

— Эх, старуха, старуха, убежала наша шуба! — думал он вслух. — Ну, вот отдохну и пойду искать другую...

Сидит старичок, горюет, а тут, глядь, Лиса по реке ползет, — так и ползет, точно кошка.

— Ге, ге, вот так штука! — обрадовался старичок. — К старухиной-то шубе воротник сам ползет... Видно, пить захотела, а то, может, и рыбки вздумала половить.

Лиса действительно подползла к самой полынье, в которой плавала Серая Шейка, и улеглась на льду. Стариковские глаза видели плохо и из-за Лисы не замечали утки.

«Надо так ее застрелить, чтобы воротника не испортить, — соображал старик, прицели-

ваясь в Лису. — А то вот как старуха будет браниться, если воротник-то в дырьях окажется... Тоже своя сноровка везде надобна, а без снасти и клопа не убьешь».

Старичок долго прицеливался, выбирая место в будущем воротнике. Наконец грянул выстрел. Сквозь дым от выстрела охотник видел, как что-то метнулось на льду, — и со всех ног кинулся к полынье; по дороге он два раза упал, а когда добежал до полыньи, то только развел руками, — воротника как не бывало, а в полынье плавала одна перепуганная Серая Шейка.

— Вот так штука! — ахнул старичок, разводя руками. — В первый раз вижу, как Лиса в утку обратилась. Ну и хитер зверь.

— Дедушка, Лиса убежала, — объяснила Серая Шейка.

— Убежала? Вот тебе, старуха, и воротник к шубе... Что же я теперь буду делать, а? Ну и грех вышел... А ты, глупая, зачем тут плаваешь?

— А я, дедушка, не могла улететь вместе с другими. У меня одно крылышко попорчено...

— Ах, глупая, глупая... Да ведь ты замерзнешь тут или Лиса тебя съест! Да...

Старичок подумал-подумал, покачал головой и решил:

— А мы вот что с тобой сделаем: я тебя внучкам унесу. Вот-то обрадуются... А весной ты старухе яичек нанесешь да утяток выведешь. Так я говорю? Вот то-то, глупая...

Старичок добыл Серую Шейку из полыньи и положил за пазуху. «А старухе я ничего не скажу, — соображал он, направляясь домой. — Пусть ее шуба с воротником вместе еще погуляет в лесу. Главное: внучки вот как обрадуются...»

Зайцы все это видели и весело смеялись. Ничего, старуха и без шубы на печке не замерзнет.

В ГЛУШИ

Деревня Шалайка засела в страшной лесной глуши, на высоком берегу реки Чусовой. Колесная дорога кончалась в Шалайке, а дальше уже некуда было и ехать. Да никто и не приезжал в Шалайку, за исключением одного священника, жившего в Боровском заводе, до которого считали тридцать верст. Когда он приезжал, то постоянно удивлялся, что у всей деревни одна фамилия Шалаевы. Собственно, даже и фамилии не было, а только прозвище по деревне.

— Как же я вас буду по книге записывать? — говорил священник. — Вот в нынешнем году три Ивана Шалаевых умерли и три Ивана Шалаевых родились, а в прошлом году было то же самое с Матренами — две Матрены умерли, и две Матрены родились! Всех перепутаешь как раз.

— Уж так с испокон веку, — объяснял староста, — все Шалаевы, и делу конец! Значит, прадед-то наш прозывался Шалаем, вот и вышли все Шалаевы, по прадеду, значит. От начальства тоже прижимки бывают... Как-то лет с пять назад возил я сдавать в солдаты наших парней, и, как на грех, подвернулись три Сидора, и все Иванычи. Воинский начальник даже обиделся...

— Надо бы все-таки фамилии придумывать, — советовал священник. — Оно для вас же удобнее.

— А для чего нам, батюшка, фамилии? Живем в лесу с испокон веку и друг дружку знаем... А покойников на том свете Господь-батюшка разберет и без нас, кто чего стоит.

Издали Шалайка была очень красива, особенно если смотреть с реки, — избы стояли на самом солнцепеке, как крепкие зубы, и какие были избы: одна другой лучше, благо лес был под рукой и обошел деревушку зеленой зубчатой стеной. Пашен было совсем мало, потому что шалаевцы промышляли главным образом лесом, да и в горах лета стоят холодные и земля плохо родила. Вот сено было нужно, и его косили по лесным еланям[1] или по мысам на реке Чусовой и заливным побережьям. Всех дворов в Шалайке насчитывали двадцать семь, и все шалаевцы составляли одну громадную семью, связанную родственными отношениями.

Изба Пимки стояла на самом юру, то есть почти на обрыве. Летом из окошек можно было

---

[1] Широкие поляны в лесу. *(Примеч. Д. Н. Мамина-Сибиряка.)*

видеть разлив реки Чусовой верст на пять, потому что она делала здесь довольно тихое плесо. Сейчас за рекой шел нескончаемый лес, и никто в Шалайке не знал, где он кончался, точно деревня стояла на краю света. Пимке шел уже десятый год, и он нигде не бывал и ничего не видал, кроме своей деревни. Нужно сказать, что шалаевцы ужасно любили свою деревню и даже гордились ею. Когда молодых парней сдавали в солдаты, они расставались с родным гнездом с такими слезами, каких, вероятно, не проливают рекруты из Москвы или Петербурга. Можно было подумать, что только и можно было жить на белом свете, как в Шалайке. Пимка помнил, как провожали в солдаты его старшего брата Ефима и других парней, и тоже ревел вместе со всеми.

— Перестаньте вы, глупые! — уговаривал дядя Акинтич, отставной солдат. — О чем вы плачете? Не с волками будет жить, а с добрыми людьми; по крайней мере, всего посмотрит, как другие живут, ну, и поучится на людях. В Шалайке-то всю бы жизнь в лесу прожил... Невелика радость!..

Солдату Акинтичу никто не верил. Хорошо было говорить, когда сам отслужил свою службу. Если бы уж было так сладко на чужой стороне, так зачем солдат вернулся опять к себе в Шалайку? Акинтич жил у отца Пимки, потому что своя семья как-то разошлась: старики примерли, сестры повыходили замуж, а с женатыми братьями солдат не ладил. Пимка ужасно любил солдата Акинтича, который так хорошо рассказывал и знал решительно все, рассказывал даже лучше баушки[1] Акулины, которая знала только сказки да «про старину». Когда брат Ефим ушел в солдаты, Акинтич занял его место. Семья была хоть и большая, но настоящих работников оставалось всего двое: отец — Егор да второй брат — Андрей. Был еще дедушка Тит, только он уже не мог идти за работника, потому что жил больше в лесу и домой редко выходил. Бабы в счет не шли. Мать, Авдотья, управлялась по дому, а старшая сестра, Домна, была «не совсем» умом. С этой Домной вышел такой случай. Летом бабы пошли за малиной на старый Матюгин курень, и Домна с ними. Она была еще подростком и как-то отбилась от партии. Искали-искали ее бабы и не могли найти. Потом целых три дня искали по лесу всей деревней и тоже не нашли. Так и решили, что Домну задрал медведь. Разыскал ее уж на пятый день дедушка Тит. Забилась Домна на сосну, уцепилась и голосу не подает. Едва старик отцепил ее от дерева и привел домой еле живую. С тех пор Домна и стала «не совсем» умом. Все молчит, что ей ни говорят. Работать работала, когда мать заставляла, а так — все равно что дитя малое. Деревенские ребятишки любили ее дразнить. Обступят гурьбой и кричат:

---

[1] На Урале вместо «бабушка» говорят «баушка», вместо «девушка» — «деушка». *(Примеч. Д. Н. Мамина-Сибиряка.)*

— Домна, покажи, как лешак хохочет?..

Стоило ей сказать это, как Домна принималась дико хохотать, выкатывала глаза и делалась такой страшной. Все говорили, что она видела лешака и что он напугал ее своим хохотом. Кроме Домны были еще ребятишки, но те — совсем малыши и ни в какой счет не шли.

Вся Шалайка промышляла лесной работой, и семья Пимки — тоже. Еще дед Тит работал в курене, и отец Егор принял его на работу. Другие рубили дрова, вывозили лес на Чусовую, где вязались плоты и сплавляли бревна на нижние пристани. Работа была нелегкая, но все привыкли к ней и ничего лучшего не желали. Да и чего же можно желать, когда человек сыт, одет и в тепле?

Пимка тоже знал, что будет работать в курене, и часто говорил отцу:

— Тятя, а когда ты возьмешь меня в курень?

— Погоди, твое время еще впереди, Пимка... Успеешь и в курене наработаться, дай срок.

И Пимка ждал. Ему казалось, что как только он уедет в курень, так сейчас же и сделается большим. До куреня считали верст тридцать, и проехать туда можно было только зимними дорогами. Дедушка Тит оставался там иногда и на лето. Пимку беспокоило немного только одно — в лесу «блазнит», как поблазнило Домне. Того и гляди, что лешак глаза отведет и в лесу запутает. Впрочем, лешак и около самой Шалайки пошаливал, особенно за Чусовой. Баушка Акулина не раз слыхала, как он ухает по ночам, а одну бабу на покосе лешак совсем было задушил. Еще страшнее была лешачиха, которая жила прямо в воде, на Чусовой. Ее и большие мужики боялись; когда по ночам лешачиха шлепалась в воде, по всей реке гул шел. Лешачиха любила подкарауливать в жаркие летние дни маленьких ребятишек, когда они выходили купаться на Чусовой, и утаскивала их к себе в омут. Все знали, что она жила в омуте, всего с версту от Шалайки, где стояла высокая скала, а под ней в реке и дна не было. Дед Тит своими глазами видел лешачиху, только не любил об этом рассказывать: вся черная, обросла мокрой шерстью, а глаза как у волка. Только один солдат Акинтич не боялся ни лешака, ни лешачихи и даже ездил по ночам ловить рыбу в омуте.

— Пустые слова это старухи болтают, Пимка, — коротко объяснял он. — А ты, главное, ничего не бойся... ни-ни! И никогда тебе страшно не будет... Понимаешь ты это самое дело?

— А ежели лешачиха за ногу сцапает? — спрашивал Пимка.

— Не сцапает... А ежели что — ты ее в морду. И лешак тоже пустое дело. Он ухнет, а ты еще пуще ухни. Он ребенком заплачет, а ты опять ухни... Хорошо ему баб пугать. Говорю: ничего не бойся, Пимка, и не будет страшно.

Мы уже сказали, что в Шалайку никто не приезжал, да и ехать дальше было некуда. Из «чужестранных» людей изредка появлялись только куренные подрядчики да охотники, промышлявшие поздней осенью рябчиков и белку. Солдат Акинтич тоже «ясачил» в свободное время и водил дружбу со всеми охотниками. Они и останавливались в избе Егора. Пимка, лежа на полатях, любил послушать охотничьи рассказы, особенно когда заходила речь о проказах косолапого мишки. Дедушка Тит убил не один десяток медведей, но не любил об этом говорить. Он бросил совсем охоту, когда последний медведь так помял ему ногу, что дедушка остался хромым на всю жизнь. Акинтич, выпивши, любил похвастать своей удалью и рассказывал охотникам небывалые вещи про свои подвиги, пока брат Егор не останавливал его:

— Будет тебе врать, Акинтич... Как раз подавишься.

Самое веселое время в Шалайке было весной, когда по Чусовой проходил сверху караван. Вешняя полая вода подымалась в реке сажени на две, и по ней быстро летели сотни барок. Вся деревня высыпала на берег посмотреть. Пимка тоже смотрел и думал о том, куда плывут барки и какие люди на них плывут. Акинтич один из всей деревни плавал на барке и рассказывал разные страсти о том, как неистово играет в камнях река, как бьются о скалы барки, как тонет народ. Акинтич знал решительно все на свете и называл какие-то мудреные места, куда сгоняют все барки.

— Там, брат, народ богатый живет, — объяснял он Пимке. — И всё покупают, что ни привези... И лес, и железо, и медь, и белку, и рябчика — только подавай!.. Дома там каменные, а по реке бегут пароходы.

II

Пимке шел одиннадцатый год, когда отец сказал:

— Ну, Пимка, собирайся в курень... Пора, брат, и тебе мужиком быть.

Это было в начале зимы, когда встала зимняя дорога. Пимка был и рад и, вместе, побаивался. В курене, конечно, лешачихи не было, а зато были медведи. Он никому не сказал про свой страх, потому что настоящие мужики ничего не боятся. Мать еще с лета заготовила будущему мужику всю необходимую одежду: коротенький полушубок из домашней овчины, собачьего меха «ягу»[1], «пимы»[2], собачьи «шубенки»[3], такой же треух-шапку — все, как следует настоящему мужику. По зимам стояли страшные морозы, когда птица замерзала на лету, недели по две, и спасал только теп-

[1] Шуба шерстью наружу. *(Примеч. Д. Н. Мамина-Сибиряка.)*

[2] Валенки. *(Примеч. Д. Н. Мамина-Сибиряка.)*

[3] Рукавицы. *(Примеч. Д. Н. Мамина-Сибиряка.)*

лый собачий мех. Особенно доставалось углевозам, которые возили уголь с куреня в Боровской завод. Редкий не отмораживал себе щек и носа. Мать почему-то жалела Пимку и на проводинах всплакнула.

— Ты смотри, Пимка, не застудись... В балагане будешь жить, а там вот какая стужа.

— Ничего, мамка, — весело отвечал Пимка. — Я с Акинтичем буду жить, а он все знает... Мы еще медведя с ним залобуем[1].

— Ладно... Вот уши себе не отморозь.

— Мы его в кашевары поставим, — объяснял отец. — Чего ему дома-то зря болтаться, а там дело будет делать. Тоже кошку не заставишь кашу варить... Так, Пимка? Дед тебе обрадуется... Старый да малый, — и будете жить в балагане.

— Я, тятя, ничего не боюсь.

— А чего бояться? С людьми будешь жить.

Пимке ужасно понравилась дорога в курень, которая шла все время лесом. Снег только что выпал, и болота еще не успели замерзнуть по-настоящему. Ехали в большом угольном коробе, сплетенном дедушкой Титом из черемуховых прутьев. Старик целое лето оставался в курене, гнул березовые полозья для саней, дуги и плел коробья. Он все умел делать, что было нужно для куренной работы и для домашности. Мужикам — топорище, бабам — корыта и вальки, — все нужное. Лес только еще был запушен первым снегом. Дремучие ельники стояли стена стеной, точно войско. На месте старых куреней росли осинники и березняки. Зимой они имели такой голый вид... Отец правил лошадью и время от времени говорил Пимке:

— Смотри, вон заячий след... Видишь, какие петли наделал по снежку. Ах, прокурат!..

---

[1] Залобовать — убить. *(Примеч. Д. Н. Мамина-Сибиряка.)*

Такие узоры поведет, что и не распутаешь. А вон лиса прошла... Эта, как барыня, идет и след хвостом заметает.

В одном месте Егор остановил лошадь, долго рассматривал след и объяснял:

— Волчья стая прошла... Они, брат, как солдаты, шаг в шаг ступают. Прошла стая, а след точно от одного... Наш лесной волк не страшен, потому как везде ему по лесу пища: зайца поймает, рябчиком закусит, а то и целого глухаря раздобудет. Смышлястый зверь...

В другом месте Егор показал Пимке большой след. На молодом снегу отпечатались точно коровьи копыта.

— Это зверь сохатый прошел... Вон как отмахивал. В самый бы раз нашему солдату его залобовать... Весь бы курень был сыт, а кожу продал бы в заводе. Надо будет ему сказать... Пусть по следу его ищет.

В курень приехали уже ночью. Было совсем темно, и Пимка задремал, свернувшись калачиком на дне короба. Место куреня можно было заметить издали по зареву, которое поднималось над горевшими «кучонками», то есть кучами из длинных дров-долготья, обложенными сверху дерном. Немного в стороне стояли четыре балагана. Егор подъехал к тому, в котором жил дедушка Тит. Еще издали гостей встретила лаем пестрая собака Лыско, которая очень сконфузилась, когда узнала свою лошадь. На лай изо всех балаганов показались мужики.

— Это ты, Егор?

— Верно, я... Вот я вам какого зверя привез. Пимка, вылезай!..

Выскочил из балагана Акинтич и вытащил Пимку, который никак не мог проснуться. Когда Акинтич его встряхнул, Пимке показалось очень холодно. В балагане сидел дедушка Тит и наблюдал за кипевшим на очаге из камней железным котелком, в котором варилась просяная каша на ужин. Увидав внука, старик обрадовался.

— Ну, ну, садись, гость будешь, — говорил он. — Что, озяб?.. Погоди, вот поешь каши и согреешься.

Балаган представлял собой большую низкую избу без окон и без трубы. Заднюю половину занимали сплошные полати на старых еловых пнях. Налево от низенькой двери, в углу, был устроен из больших камней очаг. Вместо трубы в крыше чернела дыра, и дым расстилался по всему балагану, так что стоять было невозможно, и Пимка сейчас же закашлялся, наглотавшись дыму. Потолок и стены были покрыты сажей.

— Что, не понравилось наше угощенье? — шутил Акинтич. — А ты пока садись на пол, Пимка, вот к дедушке...

Старый Тит ужасно был рад внучку и посадил его рядом с собой на обрубок бревна. Старику было под восемьдесят, и его седая борода превратилась в желтую, но он еще держался крепко, а в работе, пожалуй, не уступал и молодым мужикам. Только, к несчастью, у дедушки Тита начинала болеть спина и «тосковали» застуженные ноги.

— Вот тебе, дедушка, и помощник, — галдели набравшиеся в балаган мужики. — Он, брат, этот самый Пимка, ежели до каши, так первый работник...

Все дроворубы и углежоги благодаря жизни в курных балаганах походили на трубочистов. Все равно, мойся не мойся, а от дыма и сажи не убережешься. Теперь все были рады новому человеку и шутили над малышом, кто как мог придумать. Пимка был совершенно счастлив. Мужики были все свои, шалайские, и он всех знал в лицо. Отец Пимки привез из деревни всякой всячины и теперь делил — кому хлеба, кому шубу, кому новый топор, кому приварок ко щам, кому новую рубаху.

Пимка наелся горячей каши с таким удовольствием, как никогда не едал, и тут же заснул, сидя на обрубке около деда.

— Ну, надо малыша на перину укладывать, — шутил Акинтич, устраивая на нарах для Пимки постель из сена. — Вот мы тут зеленого пуху настелем — спи только.

Сонного Пимку Акинтич перенес на руках, уложил на нарах и прикрыл своей ягой.

— Ишь ты, как малыша сон-то забрал! — удивлялись мужики. — Это он намерзся дорогой-то да прямо в тепло и попал, ну и разомлел...

Один по одному мужики разошлись из балагана деда Тита. Утром всем надо было рано вставать.

Утром на другой день Пимка проснулся рано, проснулся от страшного холода. В балагане было тепло, пока горел огонь на очаге; а только огонь гас — все тепло уходило частью кверху в дымовую дыру, частью — в плохо сколоченную дверь. Плохо было то, что приходилось выжидать, пока огонь прогорит дотла и выйдет дым; потом уже дедушка Тит поднимался на крышу и прикрывал дымовую дыру еловой корой, а сверху заваливал хвоей. В балагане было или страшно жарко, или страшно холодно.

Работа на курене уже кипела, когда Пимка вышел из балагана. Дедушка Тит у самого балагана налаживал новые дровни. Где-то в лесу трещали топоры, рубившие застывшее дерево, а на свежей поруби сильно дымили до десятка кучонков. Это были кучи больше сажени в высоту и шириной сажен до трех. Внутри уложены были дрова стоймя и горели медленным огнем, вернее — не горели, а медленно тлели. Весь секрет состоял в том, чтобы дерево не истлело совсем, а получился крепкий уголь. Такой кучонок горел недели две, пока не превращались в уголь все дрова. У каждого кучонка был свой «жигаль», который должен был следить за всем. Вся работа пропадала, если огонь где-нибудь пробивался сквозь дерн, и тогда весь уголь сгорал. «Жигали» не отходили от своих кучонков ни днем ни ночью. Это была самая трудная и ответственная работа. Дроворуб ничем не рисковал, и углевоз тоже, а «жигаль» отвечал за все. В «жигали» поступали самые опытные рабочие. Издали эти кучонки походили на громадные муравейники, с той разницей, что последние не дымятся, а от кучонков валил день и ночь густой дым. Выгоревший кучонок должен был еще долго отдыхать, пока окончательно не остынет весь уголь. Дедушка Тит «ходил в жигалях» лет сорок, а теперь его заменил сын Егор. Куренные мужики на этом основании сразу прозвали Пимку «жигаленком».

В первый же день Пимка освоился со всеми порядками куренной жизни. Вставали до свету, закусывали, чем Бог послал, а потом шли на работу до обеда. После обеда немного отдыхали и потом работали, пока было светло. Работа была тяжелая у всех, и ее выносили только привычные люди. Дроворубы возвращались в балаган, как пьяные, — до того они выматывали себе руки и спину. Углевозы маялись дорогой, особенно в морозы, когда холодом жгло лицо. А всего хуже было жить в курных, всегда темных балаганах, да и еда была самая плохая: черный хлеб да что-нибудь горячее на придачу, большею частью — каша. Где же мужикам стряпню разводить!

— Уж и жизнь только, — ворчал солдат Акинтич, отвыкший за время своей солдатчины от тяжелой куренной работы. — Брошу все и уйду куда глаза глядят. Главная причина, что нет бани... Весь точно из трубы сейчас вылез!..

Все куренные мечтали о бане и завидовали каждому, кто отправлялся в деревню, — поехал, значит, и в бане побывает. Ездили по очереди, а в целую зиму другому придется побывать всего два раза.

Пимка прожил всего несколько дней в курене, и его страшно потянуло домой. Очень уж тяжело было жить в лесу, и мальчик совершенно был согласен с дядей Акинтичем, что надо отсюда уходить куда глаза глядят. Пимка даже всплакнул потихоньку ото всех.

III

Самое тяжелое время были праздники. Конечно, можно было съездить в Шалайку «на обыдёнку», но все жалели маять напрасно лошадей. Взад и вперед нужно было сделать верст шестьдесят, да еще плохой лесной дорогой.

В праздник работать грешно, и все убивали время как-нибудь. Сидеть днем по темным балаганам было тошно, и все собирались «на улице». Разведут громадный костер, рассядутся кругом и балагурят. Первым человеком на этих беседах, конечно, был Акинтич, которого солдатом гоняли до Москвы. Все остальные дальше Боровского завода не бывали. Акинтич и сам любил рассказать разную побывальщинку.

— Ты только, пожалуйста, не ври, солдат, — упрашивали куренные мужики.

— Чего мне врать-то? Вы ничего не видали, вот вам и кажется, что все удивительно... Возьмите теперь хоть пароход — во какая махинища! Народу на нем едет человек с тыщу, а он еще за собой не одну барку волокет. Всю Шалайку свезет зараз... А то теперь чугунка. Ну, эта еще помудренее: как свистнет — и полетела. Тоже волокет народу видимо-невидимо и кладь всякую. Сидишь себе, как в избе, и в окошечко поглядываешь, тоже как в избе. Не успел оглянуться, а она уж опять свистнула, — значит, приехали. Теперь вот ежели бы до Боровского завода наладить чугунку — в один бы час с куреня махнули туда, а теперь вы с углем ползете все шесть часов, да сколько дорогой намаетесь.

— Ах, солдат, врешь...

— Ну, как же я с вами разговаривать буду, ежели вы ничего не понимаете?

И Пимке тоже казалось, что солдат врет, особенно когда рассказывает, как живут в разных городах. Пимке казалось, что все люди должны рубить дрова и делать уголь, а тут вдруг каменные дома, каменные церкви, пароходы, чугунки и прочие чудеса. Куренные мужики иногда для шутки начинали высмеивать солдата:

— Может, ты, солдат, и по небу летал? Чего тебе стоит соврать-то?

Акинтич свирепел и начинал ругаться. Он ужасно смешно сердился, и все хохотали.

— Уйду я от вас, вот и конец тому делу!

Надоело мне с вами в темноте жить... Уйду в город и поступлю дворником к купцу. Работа самая легкая: подмел двор, принес дров, почистил лошадь — вот и все. В баню хоть каждый день ходи... Одежа на тебе вся чистая, а еда до отвалу. Щи подадут — жиру не продуешь; кашу подадут — ложка стоит, точно гвоздь в стену заколотил. А главное дело — чай... Уж так я, братцы, этот самый чай люблю, и не выговоришь.

— Да он с чем варится, чай-то?

— Трава такая... китайская...

— Может, крупы там или говядины прибавляют?

— Ах ты, Боже мой!.. И что я только буду с вами делать? Ну, как есть ничего не понимает народ... Одним словом, с сахаром чай пьют! Поняли теперь? Да нет, куда вам... Тоже вот взять лампу, — вы и не видывали, а вещь первая. В Шалайке-то с лучиной сидим, а добрые люди с лампой. Значит, ну, по-вашему, плошка такая стеклянная, в ей масло такое налито, керазим называется, ну, фитилек спущен, по-вашему — светильня; ну, сейчас спичкой, — и огонь! А главная причина, можно свет-то прибавлять и убавлять, не то что в свече сальной... Поняли теперь?

— Грешно это все... — говорил дедушка Тит. — Напьюсь это я твоего чаю, наемся штей да каши, поеду на чугунке али на пароходе, а кто же работать-то будет? Я побегу от черной работы, ты побежишь, за нами ударится Пимка и вся Шалайка, ну, а кто уголья жечь будет?

— И угольев ваших никому не нужно, дедушка, — говорил солдат. — Есть каменный уголь. Из земли прямо добывают.

— Кто его для тебя наклал в землю-то? Ах, солдат, солдат. Тоже и придумает.

Дедушка Тит недолюбливал Акинтича за легкомыслие, а главным образом за то, что избаловался он на службе и очень уж любил про легкую жизнь рассказывать. Совсем отбился человек от настоящей мужицкой работы. Старик часто ссорился с Акинтичем из-за его солдатской трубочки и который раз выгонял его из балагана. В Шалайке никто не курил табаку. Куренные мужики пользовались этим и наговаривали деду на солдата.

— Дедушка, солдат сказывает, што в городу все трубки курят, да еще и нос табаком набьют.

— Тьфу!.. Врет он все... — не верил дед. — Грешно и слушать-то. Работать не хотят, вот главная причина, а того не знают, что Бог-то труды любит. Какой же я есть человек, ежели не стану работать? Всякая тварь работает по-своему, потому и гнездо надо устроить и своих детенышей прокормить.

— И в городах трудятся по-своему, дедушка, — объяснял солдат. — Только там работа чище вашей... Не меньше нас работают, а может, и побольше. Не всем уголья жечь, а надо и всякое ремесло производить. Кто ситца, кто сукна, кто сапоги, кто замок мастерит.

— И все это пустое! — сказал дед. — Раньше без ситцев жили, а сукна бабы дома ткали. Все это пустое. Главный же мастер все-таки мужичок, который хлебушко сеет. Вот без хлеба не проживешь, а остальное все пустое. Баловство...

Пимка постоянно думал о том, как живут другие люди на белом свете. Хоть бы одним глазком посмотреть... Может быть, солдат-то и не врет. Вон он рассказывает, что есть места, где и зимы не бывает, и что своими глазами видел самого большого зверя — слона, который ростом с хорошую баню будет. Это детское любопытство разрешилось небывалым случаем.

Раз весь курень спал мертвым сном. Стоял страшный мороз, и даже собаки забились в балаганы. Вдруг среди ночи Лыско сердито заворчал. У него было свое ворчанье на зверя и свое — на человека; теперь он ворчал на человека. Скоро послышались громкие голоса: это была партия железнодорожных инженеров, делавшая изыскание нового пути для новой линии железной дороги. Всех было человек десять: два инженера, их помощники, просто мужики и вожак. Последний сбился с дороги и вывел партию вместо Шалайки на курень. Солдат Акинтич выскочил горошком и пригласил на́большего в свой балаган.

— Ваше высокоблагородие, милости просим. В лучшем виде все оборудуем для вас.

Сейчас огонек разведем, в котелке воды согреем. Вы уж извините нас, ваше высокоблагородие.

Пимка в первый раз еще видел чужестранных людей и рассматривал их с удивлением маленького дикаря, точно все они пришли чуть ли не с того света. Потом его поразила та угодливость, с какой Акинтич ухаживал за гостями и на каждом шагу извинялся. Набольший барин все-таки сердился, сердился на все: и на то, что все в балагане было покрыто сажей, и на дымившийся очаг, и на заблудившегося вожака, и даже на трещавший в лесу мороз.

— Действительно, ваше высокоблагородие, оно того, значит, дым, — наговаривал Акинтич, — и опять, того, страшенный мороз... Вы уж извините, потому как живем в лесу и ничего не знаем, ваше высокоблагородие.

— Ты из солдат? — спрашивал набольший.

— Точно так-с, ваше высокоблагородие... В Москве бывал. Да... А здесь, уж извините, одним словом, лес и никакого понятия.

Пимка увидел, как и чай пьют господа, и как закусывают по-своему, и как папиросы курят. Он даже попробовал сам чаю, то есть съел несколько листочков, и убедился, что солдат все врал. Ничего сладкого, а так, трава как трава, только черная.

Рано утром партия отправилась дальше. Теперь ее уже повел Акинтич, не знавший, чем угодить господам.

— Ишь, точно змей извивается... — ворчал дедушка Тит, качая головой. — Ах, солдат, солдат, всех он нас продаст!

А набольший все утро ворчал: и в балагане холодно, и вода в котелке чем-то воняет, и собаки ночью лаяли, — всем недоволен. Пимка стоял с разинутым ртом и все боялся, как бы набольший не треснул его чем. Однако все прошло благополучно.

Когда гости уехали, на курене вдруг точно пусто сделалось. Тихо-тихо так. Все куренные сбились в одну кучу и долго переговаривались относительно уехавших.

— Ах, все это солдат наворожил, — говорил отец Пимки, почесывая в затылке. — Чугунка, чугунка, а она сама и приехала к нам.

Мужики долго соображали, хорошо это будет или худо, когда через их лес наладят чугунку.

— И для чего она нам, эта чугунка? — ворчал дедушка Тит. — Так, баловство одно, а может, и грешно... Ох, помирать, видно, пора!

— Подведет нас всех солдат! Не надо его было пущать с набольшим-то, а то мастер наш солдат зубы заговаривать...

Ровно через три года немного пониже Шалайки через Чусовую железным кружевом перекинулся железнодорожный мост, а солдат Акинтич определился к нему сторожем. У него теперь были и своя будка, и самовар, и новая трубка. Акинтич был счастлив.

Вся Шалайка сбежалась смотреть, когда ждали первого поезда новой чугунки. Приплелся и старый дед Тит. Старик больше не ездил в курень, потому что прихварывал. Он долго смотрел на Акинтича, который расхаживал около своей будки с зеленым флагом в руках, и наконец сказал:

— Самое это тебе настоящее место, Акинтич. Работы никакой, а жалованье будешь огребать.

Пимка весь замер, когда вдали послышался гул первого поезда. Скоро из-за горы он выполз железной змеей, и раздался первый свисток, навсегда нарушивший покой этой лесной глуши. Акинтич по-солдатски вытянулся в струнку и, поднимая свой флаг, крикнул первому поезду:

— Здрравия желаем!!!

ВЕРТЕЛ

I

Летнее яркое солнце врывалось в открытое окно, освещая мастерскую со всем ее убожеством, за исключением одного темного угла, где работал Прошка. Солнце точно его забыло, как иногда матери оставляют маленьких детей без всякого призора. Прошка, только вытянув шею, мог видеть из-за широкой деревянной рамы своего колеса всего один уголок окна, в котором точно были нарисованы зеленые грядки огорода, за ними — блестящая полоска реки, а в ней — вечно купающаяся городская детвора. В раскрытое окно доносился крик купавшихся, грохот катившихся по берегу реки тяжело нагруженных телег, далекий перезвон монастырских колоколов и отчаянное карканье галок, перелетавших с крыши на крышу городского предместья Теребиловки.

Мастерская состояла всего из одной комнаты, в которой работали пять человек. Раньше здесь была баня, и до сих пор еще чувствовалась банная сырость, особенно в том углу, где, как паук, работал Прошка. У самого окна стоял деревянный верстак с тремя кругами, на которых шлифовались драгоценные камни. Ближе всех к свету сидел старик Ермилыч, работавший в очках. Он считался одним из лучших гранильщиков в Екатеринбурге, но начинал с каждым годом видеть все хуже. Ермилыч работал, откинув немного голову назад, и Прошке была видна только его борода какого-то мочального цвета. Во время работы Ермилыч любил рассуждать вслух, причем без конца бранил хозяина мастерской, Ухова.

— Плут он, Алексей-то Иваныч, вот что! — повторял старик каким-то сухим голосом, точно у него присохло в горле. — Морит он нас, как тараканов. Да... И работой морит, и едой морит. Чем он нас кормит? Пустые щи да каша — вот и вся еда. А какая работа, ежели у человека в середке пусто?.. Небойсь сам-то Алексей Иваныч раз пять в день чаю напьется. Дома два раза пьет, а потом еще в гости уйдет и там пьет... И какой плут: обедает вместе с нами да еще похваливает... Это он для отводу глаз, чтобы мы не роптали. А сам, наверно, еще пообедает наособицу.

Эти рассуждения заканчивались каждый раз так:

— Уйду я от него, — вот и конец делу. Будет, одиннадцать годиков поработал на Алексея Иваныча. Довольно... А работы сколько угодно... Сделай милость, кланяться не будем...

Работавший рядом с Ермилычем чахоточный мастер Игнатий обыкновенно молчал. Это был угрюмый человек, не любивший даром терять слова. Зато подмастерье Спирька, молодой, бойкий парень, щеголявший в красных кумачных рубахах, любил подзадорить дедушку, как называли рабочие старика Ермилыча.

— И плут же он, Алексей-то Иваныч! — говорил Спирька, подмигивая Игнатию. — Мы-то чахнем на его работе, а он плутует. Целый день только и делает, что ходит по городу да обманывает, кто попроще. Помнишь, дедушка, как он стекло продал барыне в проезжающих номерах? И еще говорит: «Сам все работаю, своими руками...»

— И еще какой плут! — соглашался Ермилыч. — В прошлом году вот как ловко подменил аметист проезжающему барину! Тот ему дал поправить камень, потому грань притупилась и царапины были. Я и поправлял еще... Камень был отличный!.. Вот он его себе и оставил, а проезжающему-то барину другой всучил... Известно, господа ничего не понимают, что и к чему.

Четвертый рабочий, Левка, немой от рождения, не мог принимать участия в этих разговорах и только мычал, когда Ермилыч знаками объяснял ему, какой плут их хозяин.

Сам Ухов заглядывал в свою мастерскую

только рано утром, когда раздавал работу, да вечером, когда принимал готовые камни. Исключение представляли те случаи, когда попадала какая-нибудь срочная работа. Тогда Алексей Иваныч забегал по десяти раз, чтобы поторопить рабочих. Ермилыч не мог терпеть такой срочной работы и каждый раз ворчал.

Всего смешнее было, когда Алексей Иваныч приходил в мастерскую, одетый как мастеровой, в стареньком пиджаке, в замазанном желтыми пятнами наждака переднике. Это значило, что кто-нибудь приедет в мастерскую, какой-нибудь выгодный заказчик или любопытный проезжающий. Алексей Иваныч походил на голодную лису: длинный, худой, лысый, с торчавшими щетиной рыжими усами и беспокойно бегавшими бесцветными глазами. У него были такие длинные руки, точно природа создала его специально для воровства. И как ловко он умел говорить с покупателями. А уж показать драгоценный камень никто лучше его не умел. Такой покупатель разглядывал какую-нибудь трещину или другой порок только дома. Иногда обманутые являлись в мастерскую и получали один и тот же ответ, — именно, что Алексей Иваныч куда-то уехал.

— Как же это так? — удивлялся покупатель. — Камень никуда не годится...

— Мы ничего не знаем, барин, — отвечал за всех Ермилыч. — Наше дело маленькое...

Все рабочие обыкновенно покатывались со

смеху, когда одураченный покупатель уходил.

— А ты смотри хорошенько, — наставительно замечал Ермилыч, косвенно защищая хозяина, — на то у тебя глаза есть... Алексей-то Иваныч выучит.

Всех больше злорадствовал Спирька, хохотавший до слез. Все-таки развлечение, а то сиди день-деньской за верстаком, как пришитый. Да и господ жалеть нечего: дикие у них деньги — вот и швыряют их.

Работа в мастерской распределялась таким образом. Сырые камни сортировал Ермилыч, а потом передавал их Левке «околтать», то есть обколоть железным молотком, так, чтобы можно было гранить. Это считалось черной работой, и только самые дорогие камни, как изумруд, окалтывал Ермилыч сам. Околтанные Левкой камни поступали к Спирьке, который обтачивал их начерно.

Игнатий уже клал *фасетки* (грани), а Ермилыч поправлял еще раз и полировал. В результате получались играющие разными цветами драгоценные и полудрагоценные камни: изумруды, хризолиты, аквамарины, тяжеловесы (благородный топаз), аметисты, а больше всего — раух-топазы (дымчатого цвета горный хрусталь) и просто горный бесцветный хрусталь. Изредка попадали и другие камни, как рубины и сапфиры, которые Ермилыч называл «зубастыми», потому что они были тверже всех остальных. Аметисты Ермилыч называл архиерейским камнем. Старик относился к камням, как к чему-то живому, и даже сердился на некоторые из них, как хризолиты.

— Это какой камень? Прямо сказать, враг наш, — ворчал он, пересыпая на руке блестящие изумрудно-зеленые зерна. — Всякий другой камень мокрым наждаком точится, а этому подавай сухой. Вот как наглотаешься пыли-то... Одна маета.

Большие камни точились прямо рукой, нажимая камнем на вертевшийся круг, а мелкие предварительно прилеплялись особой мастикой к деревянной ручке. Во время работы вертевшийся круг постоянно смачивался наждаком. Наждак — порода корунда, которую для гранения и шлифования превращают в мельчайший порошок. При работе высохший наждак носится мелкой пылью в воздухе, и рабочие поневоле дышат этой пылью, засоряя легкие и портя глаза. Благодаря именно этой наждачной пыли большинство рабочих-гранильщиков страдают грудными болезнями и рано теряют зрение. Прибавьте к этому еще то, что работать приходится в тесных помещениях, без всякой вентиляции, как у Алексея Иваныча.

— Тесновато... да... — говорил сам Ухов. — Ужо новую мастерскую выстрою, как только поправлюсь с делами.

Год шел за годом, а дела Алексея Иваныча все не поправлялись. Относительно пищи повторялось то же самое. Алексей Иваныч сам иногда возмущался обедом своих рабочих и говорил:

— Какой это обед? Разве такие обеды бывают?.. Вот только поправлюсь делами, тогда все повернем по-настоящему.

Алексей Иваныч никогда не спорил, не горячился, а соглашался со всеми и делал посвоему. Даже Ермилыч, как ни бранил хозяина за глаза, говорил:

— Ну, и человек тоже уродился! Его, Алексея Иваныча, как живого налима, никак не ухватишь рукой. Глядишь, и вывернулся. А на словах-то, как гусь на воде... Он же еще и жалеет нас!.. И тесно-то нам, и еда-то плохая... Ах, какой человек уродился!.. Одним словом, кругом плут!..

II

Солнце светило во все глаза, как оно светит только в июле. Было часов одиннадцать утра. Ермилыч сидел на самом припеке и наслаждался теплом. Его уже не грела старая кровь. Прошка думал целое утро об обеде. Он постоянно был голоден и жил только от еды до еды, как маленький голодный зверек. Он рано утром заглядывал в кухню и видел, что на столе лежал кусок шеины (самый дешевый сорт мяса, от шеи), и вперед предвкушал удовольствие поесть щей с говядиной. Что может быть лучше таких щей, особенно когда жир покрывает варево слоем чуть не в вершок, как от свинины?.. Сейчас, летом, свинина дорога, и это удовольствие доступно только зимой, когда привозят в город мороженых свиней и Алексей Иваныч покупает целую тушку. Хороша и шеина, если хозяйка не разбавит щи водой. От этих мыслей у Прошки щемило в желудке, и он глотал голодную слюну. Если бы можно было наедаться досыта каждый день!..

Прошка вертел свое колесо, закрыв глаза. Он часто так делал, когда мечтал. Но его мысли сегодня были нарушены неожиданным появлением Алексея Иваныча. Это значило, что кто-то придет в мастерскую и что придется ждать обеда. Алексей Иваныч нарядился в свой рабочий костюм и озабоченно посмотрел кругом.

— Этакая грязь!.. — думал он вслух. — И откуда только она берется? Хуже, чем в конюшне... Спирька, хоть бы ты прибрал что-нибудь!

Спирька с недоумением посмотрел кругом. Если убирать, так надо всю мастерскую разнести по бревнышку. Он все-таки перенес из одного угла в другой несколько тяжелых камней, валявшихся в мастерской без всякой надобности. Этим все и кончилось. Алексей Иваныч только покачал головой и проговорил:

— Ну и мастерская, нечего сказать! Только свиней держать.

Время подошло к самому обеду, когда у ворот уховского дома остановился щегольской экипаж и из него вышла нарядная дама с двумя детьми: девочкой лет двенадцати и мальчиком лет десяти. Алексей Иваныч выскочил встречать дорогих гостей за ворота без шапки и все время кланялся.

— Уж вы извините, сударыня!.. Грязновато будет в мастерской; а камушки вы можете посмотреть у меня в доме.

— Нет, нет, — настойчиво повторяла дама. — Камни я могу купить и в магазине; а мне именно хочется посмотреть вашу мастерскую, то есть показать детям, как гранятся камни.

— А, это другое дело! Милости просим...

Дама поморщилась, когда переступила порог уховской мастерской. Она никак не ожидала встретить такое убожество.

— Отчего у вас так грязно? — удивлялась она.

— Нам никак невозможно соблюдать чистоту, — объяснял Алексей Иваныч. — Известно, камень... Пыль, сор, грязь... Уж как стараемся, чтобы почище...

Эти объяснения, видимо, нисколько не убедили даму, которая брезгливо подобрала юбки, когда переходила от двери к верстаку. Она была такая еще молодая и красивая, и уховская мастерская наполнилась запахом каких-то дорогих духов. Девочка походила на мать и тоже была хорошенькая. Она с любопытством слушала подробные объяснения Алексея Иваныча и откровенно удивилась в конце концов тому, что из такой грязной мастерской выходят такие хорошенькие камушки.

— Да, барышня, случается, — объяснил Ермилыч, — и белый хлеб, который изволите кушать, на черной земле родится.

Алексей Иваныч прочитал целую лекцию о драгоценных камнях. Сначала показал их в сыром виде, а потом — последовательную обработку.

— Прежде камней было больше, — объяснял он, — а теперь год от году все меньше и меньше. Вот взять александрит — его днем с огнем наищешься. А господа весьма его уважают, потому как он днем зеленый, а при огне — красный. Разного сословия бывает, сударыня, камень, все равно как бывают разные люди.

Мальчик совсем не интересовался камнями. Он не понимал, чем любуется мать и сестра и чем хуже граненые цветные стекла. Его больше всего заняло деревянное большое колесо, которое вертел Прошка. Вот это штука действительно любопытная: такое большое колесо — и вертится! Мальчик незаметно пробрался в темный угол к Прошке и с восхищением смотрел на блестящую железную ручку, за которую вертел Прошка.

— Отчего она такая светлая?

— А от рук, — объяснил Прошка.

— Дай-ка я сам поверчу...

Прошка засмеялся, когда барчонок принялся вертеть колесо.

— Да это очень весело... А тебя как зовут?

— Прошкой.

— Какой ты смешной: точно из трубы вылез.

— Поработай-ка с мое, так не так еще почернеешь.

— Володя, ты это куда забрался? — удивилась дама. — Еще ушибешься...

— Мамочка, ужасно интересно!.. Отдай меня в мастерскую — я тоже вертел бы колесо. Очень весело!.. Вот, смотри! И какая ручка светлая, точно отполированная. А Прошка походит на галчонка, который жил у нас. Настоящий галчонок...

Мать Володи заглянула в угол Прошки и только покачала головой.

— Какой он худенький! — пожалела она Прошку. — Он чем-нибудь болен?

— Нет, ничего, слава Богу! — объяснил Алексей Иваныч. — Круглый сирота — ни отца, ни матери... Не от чего жиреть, сударыня! Отец умер от чахотки... Тоже мастер был по нашей части. У нас много от чахотки умирает...

— Значит, ему трудно?

— Нет, зачем трудно? Извольте сами попробовать... Колесо, почитай, само собой вертится.

— Но ведь он работает целый день?

— Обыкновенно...

— А когда утром начинаете работать?

— Не одинаково, — уклончиво объяснил Алексей Иваныч, не любивший таких расспросов. — Глядя по работе... В другой раз — часов с семи.

— А кончаете когда?

— Тоже не одинаково: в шесть часов, в семь, — как случится.

Алексей Иваныч приврал самым бессовестным образом, убавив целых два часа работы.

— А сколько вы жалованья платите вот этому Прошке?

— Помилуйте, сударыня, какое жалованье! Одеваю, обуваю, кормлю, все себе в убыток. Так, из жалости и держу сироту... Куда ему деться-то?

Дама заглянула в угол Прошки и только пожала плечами. Ведь это ужасно: целый день провести в таком углу и без конца вертеть колесо. Это какая-то маленькая каторга...

— Сколько ему лет? — спросила она.

— Двенадцать...

— А на вид ему нельзя дать больше девяти. Вероятно, вы плохо его кормите?

— Помилуйте, сударыня! Еда для всех у меня одинаковая. Я сам вместе с ними обедаю. Прямо сказать, в убыток себе кормлю; а только уж сердце у меня такое... Ничего не могу поделать и всех жалею, сударыня.

Барыня отобрала несколько камней и просила прислать их домой.

— Пошлите камни с этим мальчиком, — просила она, указывая глазами на Прошку.

— Слушаюсь-с, сударыня!

Последнее желание не понравилось Алексею Иванычу. Эти барыни вечно что-нибудь придумают! К чему ей понадобился Прошка? Лучше он сам бы принес камни. Но делать нечего — с барыней разве сговоришь? Прошка так Прошка — пусть его идет; а у колеса поработает Левка.

Когда барыня уехала, мастерская огласилась общим смехом.

— Духу только напустила! — ворчал Ермилыч. — Точно от мыла пахнет...

— Она и Прошку надушит, — соображал Спирька. — А Алексей Иваныч охулки на руку не положил: рубликов на пять ее околпачил.

— Что ей пять рублей? Наплевать! — ворчал Ермилыч. — У барских денежек глаз нет... Вот и швыряют. Алексей-то Иванычу это на руку. Вот как распинался он перед барыней: соловьем так и поет.

— Платье на ней шелковое, часы золотые, колец сколько... Богатеющая барыня!

— Ну, это еще неизвестно. Одна видимость в другой раз. Всякие господа бывают...

Дорогой маленький Володя объяснил матери, что Прошка «ве́ртел».

— Что это значит? — не понимала та.

— А вертит колесо — ну, и вышел: *ве́ртел*. Не *верте́л*, мама, а *ве́ртел*.

III

Бедного Прошку часто занимал вопрос о тех неизвестных людях, для которых он должен был с утра до ночи вертеть в своем углу колесо. Другие дети веселились, играли и пользовались свободой; а он был точно привязан к своему колесу. Прошка понимал, что у других детей есть отцы и матери, которые их берегут и жалеют; а он — круглый сирота и должен сам зарабатывать свой маленький кусочек хлеба. Но ведь круглых сирот много на белом свете, и не все же должны вертеть колеса. Сначала Прошка возненавидел свое колесо, потому что, не будь его, и не нужно было бы его вертеть. Это была совершенно детская мысль. Потом Прошка начал ненавидеть Алексея Иваныча, которому его отдала в ученье тетка: Алексей Иваныч нарочно придумал это проклятое колесо, чтобы мучить его.

«Когда я вырасту большой, — раздумывал Прошка за работой, — тогда я отколочу Алексея Иваныча, изрублю топором проклятое колесо и убегу в лес».

Последняя мысль нравилась Прошке больше всего. Что может быть лучше леса? Ах, как там хорошо!.. Трава зеленая-зеленая, сосны шумят вершинами, из земли сочатся студеные ключики, всякая птица поет по-своему — умирать не нужно! Устроить из хвои шалашик, разложить огонек — и живи себе, как птица. Пусть другие задыхаются в городах от пыли и вертят колеса... Прошка уже видел себя свободным, как птица.

— Убегу!.. — решал Прошка тысячу раз, точно с кем-нибудь спорил. — Даже и Алексея Иваныча не буду бить, а просто убегу.

Прошка думал целые дни, — вертит свое

колесо и думает, думает без конца. Разговаривать за работой было неудобно, не то что другим мастерам. И Прошка все время думал, думал до того, что начинал видеть свои мысли точно живыми. Видел он часто и самого себя, и непременно большим и здоровым, как Спирька. Ведь хорошо быть большим. Не понравилось у одного хозяина — пошел работать к другому.

Ненависть к Алексею Иванычу тоже прошла, когда Прошка понял, что все хозяева одинаковы и что Алексей Иваныч совсем не желает ему зла, а делает то же, что делали и с ним, когда он был таким же ве́ртелом, как сейчас Прошка. Значит, виноваты те люди, которым нужны все эти аметисты, изумруды, тяжеловесы, — они и заставляли Прошку вертеть его колесо. Тут уж воображение Прошки отказывалось работать, и он никак не мог представить себе этих бесчисленных врагов, сливавшихся для него в одном слове «господа». Для него ясно было одно: что они злые. Для чего им эти камни, без которых так легко обойтись? Если бы господа не покупали камней у Алексея Иваныча, ему пришлось бы бросить свою мастерскую, — и только всего. А вон барыня еще детей притащила... Действительно, есть чем полюбоваться... Прошка видел во сне эту барыню, у которой камни были и на руках, и на шее, и в ушах, и на голове. Он ненавидел ее и даже сказал:

— У! злая...

Ему казалось, что и глаза у барыни светились, как светит шлифованный камень, — зеленые, злые, как у кошки ночью.

Никто из мастеров никак не мог понять, зачем понадобился барыне именно Прошка. Алексей Иваныч и сам бы пришел да еще подсунул бы товару рубликов на десять; а что может понимать Прошка?

— Блажь господская, и больше ничего, — ворчал Ермилыч.

Алексей Иваныч тоже был недоволен. Во-первых, нельзя было Прошку пустить по-домашнему, — значит, расход на рубаху; а во-вторых, кто ее знает, барыню, что у нее на уме!

— Ты рыло-то вымой, — наказывал он Прошке еще с вечера. — Понимаешь? А то придешь к барыне черт чертом...

Ввиду этих приготовлений Прошка начал трусить. Он даже пробовал увильнуть, сославшись на то, что у него болит нога. Алексей Иваныч рассвирепел и, показывая кулак, проговорил:

— Я тебе покажу, как ноги болят!..

Нужно сказать, что Алексей Иваныч никогда не дрался, как другие мастера, и очень редко бранился. Он обыкновенно со всеми соглашался, все обещал и ничего не исполнял.

Прошка должен был идти утром, когда барыня пила кофе. Алексей Иваныч осмотрел Прошку, как новобранца, и проговорил:

— А ты не робей, Прошка! И господа такие же люди — из той же кожи сшиты, как и мы, грешные. Барыня заказала аметистов; а я тебе дам еще парочку бериллов, да тяжеловесов, да альмандинов. Понимаешь? Надо уметь показать товар...

Алексей Иваныч научил, сколько нужно запросить, сколько уступать и меньше чего не отдавать. Барыня-то еще, может, пожалеет мальчонку и купит.

Когда Прошка уходил, Алексей Иваныч остановил его в самых дверях и прибавил:

— Смотри, лишнего не разбалтывай... Понимаешь? Ежели будет барыня выпытывать насчет еды и прочее... «Мы, мол, сударыня, серебряными ложками едим».

Прошке пришлось идти через весь город, и чем ближе он подходил к квартире барыни, тем ему делалось страшнее. Он и сам не знал, чего боялся, и все-таки боялся. Робость охватила его окончательно, когда он увидел двухэтажный большой каменный дом. В голове Прошки мелькнула даже мысль о бегстве. А что, если взять да и убежать в лес?

Скрепя сердце он пробрался в кухню и узнал, что барыня дома. Горничная в крахмальном белом переднике подозрительно оглядела его с ног до головы и нехотя пошла доложить «самой». Вместо нее прибежал в кухню Володя, одетый в коротенькую смешную курточку, коротенькие смешные штанишки, в чулки и башмаки.

— Пойдем, ве́ртел!.. — приглашал он Прошку. — Мама ждет.

Они прошли по какому-то коридору, потом через столовую, а потом в детскую, где ждала сама барыня, одетая в широкое домашнее платье.

— Ну, показывай, что принес! — проговорила она певучим, свежим голосом и, оглядев Прошку, прибавила: — Какой ты худенький!.. Настоящий цыпленок.

Прошка с серьезным видом достал товар и начал показывать камни. Он больше ничего уже не боялся. У барыни совсем был не злой вид. Расчет Алексея Иваныча оправдался: она рассмотрела камни и купила все без торга. Прошка внутренне торжествовал, что так ловко надул барыню рубля на три. Ему было только неловко, что она все время как-то особенно смотрела на него и улыбалась.

— Ты, наверно, хочешь есть? — проговорила она наконец. — Да?

Этот простой вопрос смутил Прошку, точно барыня угадала его тайные мысли. Когда он дожидался в кухне, то там так хорошо пахло жареным мясом, и все время его преследовал этот аппетитный запах.

— Я не знаю, — по-детски ответил он.

— Он хочет, мама! — подхватил Володя. — Я сейчас сбегаю в кухню и скажу Матрене, чтобы она дала котлетку.

Володя был добрый мальчик, и это радовало маму. Ведь самое главное в человеке — доброе сердце. Прошка чувствовал себя смущенным, как попавшийся в ловушку зверек.

Он молча разглядывал комнату и удивлялся, что бывают такие большие и светлые комнаты. У одной стены стоял шкаф с игрушками; кроме того, игрушки валялись на полу, стояли в углу, висели на стене. Тут были и детские ружья, и солдатская будка, и мельница, и лошадки, и домики, и книжки с картинками — настоящий игрушечный магазин.

— Неужели все это твои игрушки? — спросил Прошка Володю.

— Мои. Но я уж не играю, потому что большой. А у тебя тоже есть игрушки?

Прошка засмеялся. У него игрушки! Какой смешной этот барчонок: решительно ничего не понимает!

Подававшая в столовую котлету горничная смотрела на Прошку с удивлением. Этак барыня скоро будет собирать в дом всех нищих и кормить котлетами. Прошка это чувствовал и смотрел на горничную серьезными глазами. Потом его затрудняла вилка и салфетка, особенно — последняя. Пока он ел, барыня просто и ласково расспрашивала его обо всем: давно ли он в мастерской, много ли приходится работать, как кормит рабочих хозяин, что он делает по праздникам, знает ли грамоту и т. д.

— Вот видишь, Володя, — говорила она сыну, — этот мальчик уж с семи лет зарабатывает себе кусок хлеба... Прошка, а ты хочешь учиться?

— Не знаю...

— Хочешь приходить по воскресеньям к нам? Я тебя выучу читать и писать. Я поговорю об этом с Алексеем Иванычем сама.

Прошка был озадачен.

Домой он вернулся в старой курточке Володи, которая ему была даже широка в плечах, хотя Володя был моложе на целых два года. Барчук был такой рослый и закормленный. Рабочие посмеялись над ним, как смеялись над всеми, а хозяин похвалил:

— Молодец, Прошка! Когда в воскресенье пойдешь, я тебе еще дам товару...

IV

Прошка начал ходить учиться каждое воскресенье. В первое время, говоря правду, больше всего его привлекала возможность хорошенько поесть, как едят господа. А последнее было удивительно, удивительнее всего, что только Прошка видал. Мать Володи — ее звали Анной Ивановной — ужасно волновалась каждый раз, когда завтракали. Ей все казалось, что Володя мало ест и что он нездоров. Сначала Прошка думал, что Анна Ивановна шутит; но Анна Ивановна говорила совершенно серьезно:

— Мне кажется, Володя, что ты скоро решительно ничего не будешь есть. Посмотри на Прошку: вот какой аппетит нужно иметь.

— А отчего он такой худой, если ест много? — спросил Володя.

— Оттого, что он работает много, оттого,

что в их мастерской буквально дышать нечем и так далее.

Володя был настоящий барчонок. По-своему добрый, всегда веселый, увлекающийся и в достаточной мере бесхарактерный. Прошка рядом с ним казался существом другой породы. Анну Ивановну это поражало, когда дети были вместе. Детские глаза Прошки смотрели уже совсем не по-детски; потом, он точно не умел улыбаться. В тощей фигурке Прошки точно был скрыт какой-то затаенный упрек. Анне Ивановне иногда делалось даже немного совестно — ведь она пригласила в первый раз Прошку только для того, чтобы показать Володе, что дети его возраста работают с утра до ночи. Прошка должен был служить живым и наглядным примером; а Володя должен был исправиться, глядя на него, от припадков своей барской лени.

В этих воспитательных целях Анна Ивановна несколько раз под разными предлогами посылала Володю в мастерскую Алексея Иваныча, чтобы он посмотрел на самом деле, как работает маленький Прошка. Володя отправлялся в мастерскую каждый раз с особенным удовольствием и возвращался домой весь испачканный наждаком. Результатом этих наглядных уроков было то, что Володя совершенно серьезно заявил матери:

— Мама, отдай меня в мастерскую. Я хочу быть ве́ртелом, как Прошка...

— Володя, что ты говоришь? — ужаснулась Анна Ивановна. — Ты только подумай, что ты говоришь!

— Ах, мама, там ужасно весело!..

— Ты умер бы там через три дня с голода...

— А вот и нет! Я уже два раза обедал с рабочими. Какие вкусные щи из соленой рыбы, мама! А потом — просовая каша с зеленым маслом... горошница...

Анна Ивановна пришла в ужас. Ведь Володя просто мог отравиться. Она даже смерила температуру у Володи и успокоилась только тогда, когда он принял ванну и сам попросил есть.

— Мама, если бы ты велела приготовить тертой редьки с квасом!..

Володя оказался неисправимым. Пример Прошки решительно ничему его не научил, кроме того, что он несколько дней старался устроить в своей детской гранильную мастерскую и натащил со двора всевозможных камней. Получилась почти совсем настоящая мастерская, только недоставало деревянного громадного колеса, которое вертел Прошка.

Перед Рождеством Прошка перестал ходить учиться по воскресеньям. Анна Ивановна думала, что его не пускает Алексей Иваныч, и поехала сама узнать, в чем дело. Алексей Иваныч был дома и объяснил, что Прошка сам не желает идти.

— Почему так? — удивилась Анна Ивановна.

— А кто его знает! Нездоровится ему... Все кашляет по ночам.

Анна Ивановна отправилась в мастерскую и убедилась своими глазами, что Прошка болен. Глаза у него так и горели лихорадочным огнем; на бледных щеках выступал чахоточный румянец. Он отнесся к Анне Ивановне совершенно равнодушно.

— Ты что же это забыл нас совсем? — спрашивала она.

— Так...

— Тебе, может быть, не хочется учиться?

— Нет...

— Какое ему ученье, когда он на ладан дышит! — заметил Ермилыч.

— Разве можно такие вещи говорить при больном? — возмутилась Анна Ивановна.

— Все помрем, сударыня...

Это было бессердечно. Ведь Прошка был еще совсем ребенок и не понимал своего положения. Под впечатлением этих соображений Анна Ивановна предложила Прошке переехать к ним, пока поправится; но Прошка отказался наотрез.

— Разве тебе у нас не нравится? Я устроила бы тебя в людской...

— Мне здесь лучше... — упрямо отвечал Прошка.

— Сударыня, ведь мы его тоже вот как жалеем! — объяснил Ермилыч. — Вот ему и не хочется уходить...

Анна Ивановна серьезно была огорчена,

хотя вполне понимала, почему Прошка не захотел уходить из своей мастерской. У больных является страстная привязанность именно к своему углу. И большие и маленькие люди в этом случае совершенно одинаковы. Потом Анна Ивановна упрекала себя, что решительно ничего не сделала для Прошки, не сделала потому, что не умела. Мальчик умирал у своего колеса от наждачной пыли, дурного питания и непосильной работы. А сколько детей умирает таким образом по разным мастерским, как мальчиков, так и девочек! Вернувшись домой, Анна Ивановна долго не могла успокоиться. Маленький ве́ртел Прошка не выходил у нее из головы. Раньше Анна Ивановна очень любила драгоценные камни, а теперь дала себе слово никогда их не носить: каждый такой камень напоминал бы ей умирающего маленького Прошку.

А Прошка продолжал работать, несмотря даже на то, что Алексей Иваныч уговаривал его отдохнуть. Мальчику было совестно есть чужой хлеб даром... А колесо делалось с каждым днем точно все тяжелее и тяжелее... От натуги у Прошки начинала кружиться голова, и ему казалось, что вместе с колесом вертится вся мастерская. По ночам он видел во сне целые груды граненых драгоценных камней: розовых, зеленых, синих, желтых. Хуже всего было, когда эти камни радужным дождем сыпались на него и начинали давить маленькую больную грудь, а в голове начинало что-то тяжелое кружиться, точно там вертелось такое же деревянное колесо, у которого Прошка прожил всю свою маленькую жизнь.

Потом Прошка слег. Ему пристроили небольшую постельку тут же, в мастерской. Ермилыч ухаживал за ним почти с женской нежностью и постоянно говорил:

— Ты бы поел чего-нибудь, Прошка! Экой ты какой!..

Но Прошка ничего не хотел есть, даже когда горничная Анны Ивановны приносила ему котлеток и пирожного. Он относился ко всему безучастно, точно придавленный своею болезнью.

Через две недели его не стало. Анна Ивановна приехала вместе с Володей на похороны и плакала, плакала не об одном, а обо всех бедных детях, которым не могла и не умела помочь.

СТАРЫЙ ВОРОБЕЙ

I

— Хозяин что-то замышляет, — заметил первым Петух, гордо выпячивая атласную грудь.

— А я знаю что! — чирикнул с вербы старый Воробей. — Ну-ка, догадайся, умная голова?.. Нет, лучше и не думай: все равно ничего не придумаешь.

Петух сделал вид, что не понял обидных слов, и, чтобы показать свое презрение дерзкому хвастунишке, громко захлопал крыльями, вытянув шею, и, страшно раскрыв клюв, пронзительно заорал свое единственное *ку-ку-реку!*

— Ах, глупый горлан!.. — смеялся старый Воробей, вздрагивая своим крошечным тельцем. — Сейчас видно, что ничего не понимаешь. Чили-чили!

А хозяин маленького домика, стоявшего на окраине города, действительно был занят необыкновенным делом. Во-первых, он вынес из комнаты небольшой ящик с железной кровелькой. Потом достал из сарая длинный шест и начал прибивать к нему гвоздями принесенный ящик. Мальчик лет пяти внимательно наблюдал за каждым его движением.

— Отличная штука будет, Сережка! — весело говорил отец, вбивая последний гвоздь. — Настоящий дворец...

— А где скворцы, тятя? — спросил мальчик.

— А скворцы прилетят сами...

— Ага, скворечник!.. — гаркнул Петух, прислушивавшийся к разговору. — Я так и знал!

— Ах, глупый, глупый! — засмеялся над ним старый Воробей. — Это мне квартиру приготовляют... да! Эй, старуха, смотри, какой нам домик сделали.

Воробьиха была гораздо серьезнее мужа и отнеслась с недоверием к этим словам. Да и хозяин сам говорит о скворцах, значит, будет скворечник. Впрочем, спорить она не желала, потому что это было бы бесполезно: разве старого Воробья кто-нибудь переспорит?.. Он будет повторять свое без конца, а она совсем не хотела ссориться. Да и зачем ссориться, когда весеннее солнышко так ласково светит? Везде бегут весенние ручейки, и почки на березах уже совсем набухли и покраснели: вот-вот раскроются и выпустят каждая по зеленому листочку, такому мягкому, светленькому, душистому и точно покрытому лаком. Слава Богу, зима прошла, и теперь всем наступает великая радость. Конечно, старый Воробей страшный забияка и частенько обижает свою старуху; но в такие светлые весенние дни забываются даже семейные неприятности.

— Что же ты молчишь, моя старушка? — приставал к ней старый Воробей. — Будет нам жить под крышей: и темно, и ветром продувает, и вообще неудобно. Признаться сказать, я давно думаю переменить квартиру, да все както было некогда. Хорошо, что хозяин сам догадался... Вот у кур есть курятник, у лошадей — стойло, у собаки — конура, а только я один должен был скитаться где попало. Совестно стало хозяину, вот он и приготовил мне домишко... Отлично заживем, старушонка!

Весь двор был занят хозяйской работой, из конюшни выглядывала лошадиная голова, из конуры вылез мохнатый Волчок, и даже показался серый кот Васька, целые дни лежавший где-нибудь на солнышке. Все следили, что будет дальше.

— Эй, старый плут! — кричал старый Воробей, завидев своего главного врага, кота Ваську. — Ты зачем пожаловал сюда, дармоед? Теперь, брат, тебе меня не достать... да! Лови своих мышей да посматривай, как я заживу в своем домике. Не все мне по морозу прыгать на одной ножке, а тебе лежать на печке...

— Что же, пожалуй, и так... — согласился Петух, тоже недолюбливавший кота Ваську.— Положим, что старый Воробей и хвастун, и забияка, и вор, но он все-таки не таскает цыплят.

Кончив свою работу, хозяин поднял шест со скворечником и прикрепил его к самому крепкому столбу ограды. Скворечник был отличный: доски были пригнаны плотно, наверху — железная крышка, а сбоку прикреплена сухая березовая ветка, на которой так удобно было отдыхать. У маленького круглого оконца, через которое можно было влететь в скворечник, устроена была деревянная полочка — тоже недурно отдохнуть.

— Живо, старуха, собирайся! — крикнул старый Воробей. — Ведь есть нахалы, которые сейчас готовы захватить чужой дом... Те же скворцы прилетят.

— А если нас оттуда выгонят? — заметила Воробьиха. — Старое свое гнездо разорим, кто-нибудь его займет, а сами и останемся ни при чем... Да и хозяин про скворцов говорил.

— Ах, глупая, это он пошутил.

Не успел хозяин отойти от скворечника, чтобы полюбоваться своей работой издали, как старый Воробей уже был на железной кровельке. Весело чиликнув, он быстро юркнул в оконце, только хвостик мелькнул.

— Эге, да тут совсем отлично! — думал вслух старый Воробей, запутавшись в хлопьях кудели. — То-то моей старухе тепло будет, да и ребятишкам тоже... Не дует ниоткуда, дождем не мочит, и, главное, сам хозяин для меня устроил. Недурно... А зимой здесь — умирать не надо.

Выбравшись на самую верхушку скворецника, старый Воробей весело распушил все перышки, повернулся на все стороны и крикнул:

— Это я, братцы! Милости просим к нам на новоселье.

— Ах, разбойник! — обругал его хозяин снизу. — Уж успел забраться. Погоди, брат, вот прилетят скворцы, они тебе зададут.

Маленький Сережка был ужасно огорчен, что в скворечнике поселился самый обыкновенный воробей.

— Ты каждое утро смотри, — учил его отец. — На днях должны прилететь наши скворцы.

— Будет шутить, хозяин! — кричал старый Воробей сверху. — Меня-то не проведешь... А скворцам мы и сами зададим жару-пару!..

II

Старый Воробей расположился в скворечнике по-домашнему, как и следует семейной птице. Из старого гнезда был перетащен пух и все, что только можно было утащить.

— А теперь пусть в нем живут племянники, — решил старый Воробей со свойственным ему великодушием. — Я всегда готов отдать родственникам последнее... Пусть живут да меня, старика, добром поминают.

— Тоже расщедрился! — смеялись другие воробьи. — Подарил племянникам какую-то щель... Вот ужо посмотрим, как самого погонят из скворечника, так куда тогда денется?

Все это говорилось, конечно, из зависти, и старый Воробей только посмеивался: пусть их поговорят. О, это был опытный, старый Воробей, видавший виды... Сидя в своем теплом гнезде, теперь он с удовольствием вспоминал о разных неудачах своей жизни. Раз чуть не сгорел, забравшись погреться в трубу, в другой — чуть не утонул, потом замерзал, потом совсем было попался в бархатные лапки старого плута Васьки и чуть живой вырвался, — э, да мало ли невзгод и горя он перенес!..

— Пора и отдохнуть, — рассуждал он громко, взобравшись на крышу своего нового домика. — Я — заслуженный Воробей... Молодые-то пусть поучатся, как нужно на свете жить.

Как ни смешно было нахальство старого Воробья, но к нему все привыкли и даже стали верить, что действительно скворечник поставлен именно для старого Воробья. Теперь все ждали только того решительного дня, когда прилетят скворцы, — что-то тогда будет делать старик, забравшийся в чужое гнездо?

— Что такое скворцы? — рассуждал вслух старый Воробей. — Глупая птица, которая неизвестно зачем перелетает с одного места на другое. Вот наш Петух тоже неумен, но зато и сидит дома; а потом из него сварят суп... Я хочу сказать, что глупый Петух хоть на суп годен, а скворцы — никуда: прилетят как шальные, вертятся, стрекочут... Тьфу! Смотреть неприятно.

— Скворцы поют... — заметил Волчок, которому порядочно-таки надоело слушать эту воробьиную болтовню. — А ты только умеешь воровать.

— По-ют? Это называется петь? — изумился старый Воробей. — Ха-ха... Нет уж, извините, господа, про себя говорить нехорошо, а между тем я должен сказать, что если кто действительно поет, так это я... да! И я постоянно пою, с утра до ночи, пою целую жизнь... Вот послушайте: чили-чили-чилик!.. Хорошо? не правда ли?.. Меня все слушают...

— Будет тебе, старый шут!

Скворечник оказался очень хорошей квартирой. Главное, все видно сверху. Только вынесут корм курам, а старый Воробей уже поспел раньше всех. Сам наестся и своей Воробьихе зернышко снесет. Он даже успевал украсть малую толику и у Волчка, пока тот вылезал из своей конуры. И везде так. Шныряет под ногами у кур, заберется в кормушку к лошади, даже в комнаты забирался не раз — прожорливости и нахальству старого Воробья не было границ. Мало этого. Он успевал побывать и на чужих дворах и там урвать что-нибудь из съестного. Везде лезет, везде ему было дело, и никого знать не хочет.

Наступил март. Дни стояли теплые, светлые. Снег везде почернел, присел, пропитался водой и сделался таким рыхлым, точно его изъели черви. Ветви у берез покраснели и набухли от приливавших соков. Весна подступала все больше. Иногда пахнет таким теплым ветерком, что даже у старого Воробья захолонет сердце. Жутко хорошо в такую пору.

Маленький Сережка, как только просыпался утром, сейчас же лез к окну посмотреть, не прилетели ли скворцы. Но день проходил за днем, а скворцов все не было.

— Тятя, на скворечнике все этот воробей сидит, — жаловался Сережка отцу.

— Погоди, отойдет ему честь. Грачи вчера прилетели. Значит, скоро будут и наши скворцы.

Действительно, соседний барский сад был усеян черными точками, точно живой сеткой: это были первые весенние гости, прилетевшие с далекого теплого юга. Они поднимали такой гвалт, что слышно было за несколько улиц, — настоящая ярмарка. Галдят, летают, осматривают старые гнезда и кричат без конца.

— Ну, старуха, теперь держись! — шептал старый Воробей своей Воробьихе еще с вечера. — Утром налетят скворцы... Я им задам, вот увидишь. Я ведь никого не трогаю, и меня не тронь. Знай всяк сверчок свой шесток!

Целую ночь не спал старик и все сторожил. Но особенного ничего не случилось. Перед утром пролетела небольшая стайка зябликов. Птички смирные: отдохнули, посидели на березах и полетели дальше. Они торопились в лес. За ними показались трясогузки — эти еще скромнее. Ходят по дорогам, хвостиками покачивают и никого не трогают. Обе — лесные птички, и старый Воробей был даже рад их видеть... Нашлись прошлогодние знакомые.

— Что, братцы, далеко летели?

— Ах, как далеко!.. А здесь холодно было зимой?

— Ах, как холодно!..

— Ну, прощай, воробушко! Нам некогда.

Утро было такое холодное, а в скворечнике так тепло, да и Воробьиха спит сладко-сладко.

Чуть-чуть прикорнул старый Воробей; кажется, не успел и глаз сомкнуть, как на скворечник налетела первая стайка скворцов. Быстро они летели, так что воздух свистел. Облепили скворечник и подняли такой гам, что старый Воробей даже испугался.

— Эй, ты, вылезай! — кричал Скворец, просовывая голову в оконце. — Ну, ну, пошевеливайся поскорей!..

— А ты кто такой?.. Я здесь хозяин... Проваливай дальше, а то ведь я шутить не люблю...

— Ты еще разговариваешь, нахал?

Что произошло дальше, страшно и рассказывать: разведчик Скворец очутился в скворечнике, схватил Воробьиху за шиворот своим длинным, как шило, клювом и вытолкнул в окно.

— Батюшки, караул!.. — благим матом орал старый Воробей, забившись в угол и отчаянно защищаясь. — Грабят... Караул!.. Ой, батюшки, убили...

Как он ни упирался, как ни дрался, как ни орал, а в конце концов с позором был вытолкнут из скворечника.

III

Это было ужасное утро. В первую минуту старый Воробей даже не мог сообразить хорошенько, как это случилось... Нет, это возмутительно, как вы хотите! Но и с этим можно было помириться: ну, забрался в чужой скворечник, ну, вытолкали, — только и всего. Если бы старому Воробью такое же шило вместо клюва дать, как у Скворца, так он всякого бы вытолкал. Главное — стыдно... Да. Вот уж это скверно, когда захвастаешься, накричишь, наболтаешь — ах, как скверно!

— Напугал же ты скворцов! — кричал ему со двора Петух. — Я хоть и в суп попаду, да у меня свое гнездо есть, а ты попрыгай на одной ножке... Трещотка проклятая!.. Так тебе и надо...

— А ты чему обрадовался? — ругался старый Воробей. — Погоди, я тебе покажу... Я сам бросил скворечник: велик он мне, да и дует из щелей.

Бедная Воробьиха сидела на крыше такая жалкая и убитая, и это еще больше разозлило старого Воробья. Он подлетел к ней и клюнул ее в голову.

— Что ты сидишь? Только меня срамишь... Возьмем старое гнездо, и делу конец. А со скворцами я еще рассчитаюсь...

Но племянники, устроившись в гнезде, не

хотели его отдавать ни за что. Подняли крик, шум и в заключение вытолкнули старого дядюшку. Это было похуже скворцов: свои же, родные в шею гонят, а уж он ли, кажется, не старался для них. Вот и делай добро кому-нибудь... Воробьиху прибил ни за что, гнездо потерял, а сам на крыше остался с семейством: как раз налетит ястреб и разорвет в клочки. Пригорюнился старый Воробей, присел на конек крыши отдохнуть и тяжело вздохнул. Эх, тяжело жить на свете серьезной птице!

— Как же мы теперь жить будем? — жалобно повторяла Воробьиха. — У всех есть свои гнезда... Скоро детей будут выводить, а мы так, видно, на крыше и останемся.

— Погоди, старуха, устроимся.

А главная обида была еще впереди. Выбежал на двор маленький Сережка, захлопал ручонками от радости, что прилетели скворцы, и не мог на них налюбоваться. Отец тоже любовался и говорил:

— Посмотри, какие они красивые: точно шелковые. А как заливаются-поют!.. Веселенькая птичка...

— А где же воробей, тятя, который жил в скворечнике? Да вон на крыше сидит... У, как смешно нахохлился!..

— Да он всегда какой-то встрепанный... Что, брат, не любишь? — обратился отец к Воробью и весело засмеялся. — Ну, вперед наука: не забирайся куда не следует. Не для тебя скворечник строили.

Даже куры и те смеялись теперь над несчастным старым Воробьем. Вот до чего дожил старик... Он даже заплакал с горя, а потом пришел в себя и ободрился.

— Над чем вы смеетесь? — гордо спросил он всех. — Ну, над чем?.. Сделал ошибку, это правда, а все-таки я умнее вас... А главное-то: я вольная птица. Да... И живу, чем Бог послал, а кланяться в люди не пойду. Куда бы вы все делись, если бы хозяин вас не кормил и не поил? И ты, Волчок, издох бы с голода, и ты, глупая птица Петух, — тоже, и лошадь, и корова; а я сам прокормлю свою голову. Да... Вот я какой!.. И теперь поправлю свою беду, дайте срок... А те зернышки, которые я собираю иногда на дворе около вас, тоже заработаны мною. Кто ловит мошек? Кто выкапывает червячков, ищет гусениц, всяких козявок? Да все я же, я...

— Знаем мы, как ты червячков ищешь, — заметил Петух, подмигнув скворцам. — Вот в огородах гряды вскопают, насадят гороху и бобов — воробьи и налетят. Все разроют, а горох и бобы съедят. Воровством живешь, Воробушко, признайся.

— Воровством? Я?.. — возмутился старый Воробей. — Да я — первый друг человека... Мы всегда вместе, как и следует друзьям: где он — там и я. Да... И притом я — совершенно бескорыстный друг... Разве наш хозяин когда-нибудь бросил мне горсточку овса?.. Да мне и не нужно... Конечно, обидно, когда прилетят какие-то вертопрахи и им начинают оказывать всякий почет. Это, наконец, просто несправедливо... А вы даже этого не понимаете, потому что один — целую жизнь в оглоблях, другой — на цепи, третий в курятнике сидит... Я — вольная птица и живу здесь по собственному желанию.

Много говорил старый Воробей, возмущенный коварством своего друга — человека. А потом вдруг исчез... Нет старого Воробья день, нет два, нет три дня.

— Он, вероятно, издох с горя, — решил Петух. — Самая вздорная птица, если разобрать.

Прошла целая неделя. Однажды утром старый Воробей опять появился на крыше — такой веселый и довольный.

— Это я, братцы, — прочиликал он, принимая гордый вид. — Как поживаете?

— А, ты еще жив, старичок?

— Слава Богу... Теперь на новой квартире поселился. Отличная квартира... Эту уж для меня хозяин устроил.

— Может быть, опять врешь?..

— Ага, хотите, чтобы я указал ее вам? Нет, шалишь, теперь уж меня не проведешь... Пока прощайте!..

Старый Воробей не врал. Он действительно устроился. На гряде в огороде стояло старое чучело. На палке болтались какие-то лохмотья, а сверху надета была старая большая шляпа — в ней старый Воробей и устроил себе гнездо. Здесь уж никто его не тронет, потому что не догадается никто, да и побоятся страшного чучела. Но эта затея кончилась очень печально. Воробьиха высидела маленьких птенчиков в шляпе, а тут дунул вихрь и унес шляпу вместе с воробьиным гнездом. Старый Воробей улетал в это время по своим делам, а когда вернулся домой, то нашел только мертвых птенчиков и убивавшуюся с горя Воробьиху. Впрочем, она недолго пережила своих деток. Перестала есть, худела и, нахохлившись, неподвижно сидела где-нибудь на ветке целые дни. Так она и умерла с горя... Ах, как тосковал по ней старый Воробей, как убивался и плакал...

Наступила поздняя осень. Все перелетные птицы уже отправились на теплый юг. Старый Воробей один поселился в пустом скворечнике. Он скверно себя чувствовал и почти совсем не чиликал. Когда выпал первый снег и маленький Сережка выбежал на двор с саночками, то первое, что он увидел на ослепительно белом снегу, был маленький трупик старого Воробья. Бедняга замерз.

— А ведь жаль его, — бормотал Петух глубокомысленно. — Как будто и недостает чего-то... Бывало, все чиликает, везде вертится, ко всем лезет! Даже скучно стало на дворе без старого Воробья.

АЛЕНУШКИНЫ СКАЗКИ

ПРИСКАЗКА

Баю-баю-баю...

Один глазок у Аленушки спит, другой — смотрит; одно ушко у Аленушки спит, другое — слушает.

Спи, Аленушка, спи, красавица, а папа будет рассказывать сказки. Кажется, все тут: и сибирский кот Васька, и лохматый деревенский пес Постойко, и серая Мышка-норушка, и Сверчок за печкой, и пестрый Скворец в клетке, и забияка Петух.

Спи, Аленушка, сейчас сказка начинается. Вон уже в окно смотрит высокий месяц; вон косой заяц проковылял на своих валенках; волчьи глаза засветились желтыми огоньками; медведь Мишка сосет свою лапу. Подлетел к самому окну старый Воробей, стучит носом о стекло и спрашивает: скоро ли? Все тут, все в сборе, и все ждут Аленушкиной сказки.

Один глазок у Аленушки спит, другой — смотрит; одно ушко у Аленушки спит, другое — слушает.

Баю-баю-баю...

1

СКАЗКА ПРО ХРАБРОГО ЗАЙЦА — ДЛИННЫЕ УШИ, КОСЫЕ ГЛАЗА, КОРОТКИЙ ХВОСТ

Родился зайчик в лесу и все боялся. Треснет где-нибудь сучок, вспорхнет птица, упадет с дерева ком снега — у зайчика душа в пятки.

Боялся зайчик день, боялся два, боялся неделю, боялся год; а потом вырос он большой, и вдруг надоело ему бояться.

— Никого я не боюсь! — крикнул он на весь лес. — Вот не боюсь нисколько, и все тут!

Собрались старые зайцы, сбежались маленькие зайчата, приплелись старые зайчихи — все слушают, как хвастается Заяц — длинные уши, косые глаза, короткий хвост, — слушают и своим собственным ушам не верят. Не было еще, чтобы заяц не боялся никого.

— Эй ты, косой глаз, ты и волка не боишься?

— И волка не боюсь, и лисицы, и медведя — никого не боюсь!

Это уж выходило совсем забавно. Хихикнули молодые зайчата, прикрыв мордочки передними лапками, засмеялись добрые старушки зайчихи, улыбнулись даже старые зайцы, побывавшие в лапах у лисы и отведавшие волчьих зубов. Очень уж смешной Заяц!.. Ах, какой смешной! И всем вдруг сделалось весело. Начали кувыркаться, прыгать, скакать, перегонять друг друга, точно все с ума сошли.

— Да что тут долго говорить! — кричал расхрабрившийся окончательно Заяц. — Ежели мне попадется волк, так я его сам съем...

— Ах, какой смешной Заяц! Ах, какой он глупый!..

Все видят, что и смешной и глупый, и все смеются. Кричат зайцы про Волка, а Волк — тут как тут. Ходил он, ходил в лесу по своим волчьим делам, проголодался и только подумал: «Вот бы хорошо зайчиком закусить!» — как слышит, что где-то совсем близко зайцы кричат и его, серого Волка, поминают. Сейчас он остановился, понюхал воздух и начал подкрадываться.

Совсем близко подошел Волк к разыгравшимся зайцам, слышит,

как они над ним смеются, а всех больше — хвастун Заяц — косые глаза, длинные уши, короткий хвост.

«Э, брат, погоди, вот тебя-то я и съем!» — подумал серый Волк и начал выглядывать, который заяц хвастается своей храбростью. А зайцы ничего не видят и веселятся пуще прежнего. Кончилось тем, что хвастун Заяц взобрался на пенек, уселся на задние лапки и заговорил:

— Слушайте вы, трусы! Слушайте и смотрите на меня. Вот я сейчас покажу вам одну штуку. Я... я... я...

Тут язык у хвастуна точно примерз.

Заяц увидел глядевшего на него Волка. Другие не видели, а он видел и не смел дохнуть.

Дальше случилась совсем необыкновенная вещь.

Заяц-хвастун подпрыгнул кверху, точно мячик, и со страха упал прямо на широкий волчий лоб, кубарем прокатился по волчьей спине, перевернулся еще раз в воздухе и потом задал такого стрекача, что, кажется, готов был выскочить из собственной кожи.

Долго бежал несчастный Зайчик, бежал, пока совсем не выбился из сил.

Ему все казалось, что Волк гонится по пятам и вот-вот схватит его своими зубами.

Наконец совсем обессилел бедняга, закрыл глаза и замертво свалился под куст.

А Волк в это время бежал в другую сторо-

ну. Когда Заяц упал на него, ему показалось, что кто-то в него выстрелил.

И Волк убежал. Мало ли в лесу других зайцев можно найти, а этот был какой-то бешеный...

Долго не могли прийти в себя остальные зайцы. Кто удрал в кусты, кто спрятался за пенек, кто завалился в ямку.

Наконец надоело всем прятаться, и начали понемногу выглядывать кто похрабрее.

— А ловко напугал Волка наш Заяц! — решили все. — Если бы не он, так не уйти бы нам живыми... Да где же он, наш бесстрашный Заяц?..

Начали искать.

Ходили, ходили, нет нигде храброго Зайца. Уж не съел ли его другой волк? Наконец-таки нашли: лежит в ямке под кустиком и еле жив от страха.

— Молодец, косой! — закричали все зайцы в один голос. — Ай да косой!.. Ловко ты *напугал* старого Волка. Спасибо, брат! А мы думали, что ты хвастаешь.

Храбрый Заяц сразу приободрился. Вылез из своей ямки, встряхнулся, прищурил глаза и проговорил:

— А вы бы как думали? Эх вы, трусы...

С этого дня храбрый Заяц начал сам верить, что он действительно никого не боится.

Баю-баю-баю...

2

СКАЗКА ПРО КОЗЯВОЧКУ

I

Как родилась Козявочка, никто не видал. Это был солнечный весенний день. Козявочка посмотрела кругом и сказала:

— Хорошо!..

Расправила Козявочка свои крылышки, потерла тонкие ножки одна о другую, еще посмотрела кругом и сказала:

— Как хорошо!.. Какое солнышко теплое, какое небо синее, какая травка зеленая, — хорошо, хорошо!.. И все мое!..

Еще потерла Козявочка ножками и полетела. Летает, любуется всем и радуется. А внизу травка так и зеленеет, а в травке спрятался аленький цветочек.

— Козявочка, ко мне! — крикнул цветочек.

Козявочка спустилась на землю, вскарабкалась на цветочек и принялась пить сладкий цветочный сок.

— Какой ты добрый, цветочек! — говорит Козявочка, вытирая рыльце ножками.

— Добрый-то добрый, да вот ходить не умею, — пожаловался цветочек.

— И все-таки хорошо, — уверяла Козявочка. — И все мое...

Не успела она еще *договорить*, как с жужжанием налетел мохнатый Шмель, и прямо к цветочку.

— Жж... Кто забрался в мой цветочек? Жж... Кто пьет мой сладкий сок? Жж... Ах ты, дрянная Козявка, убирайся вон! Жжж... Уходи вон, пока я не ужалил тебя!

— Позвольте, что же это такое? — запищала Козявочка. — Все, все мое...

— Жжж... Нет, мое!..

Козявочка едва унесла ноги от сердитого Шмеля. Она присела на травку, облизала ножки, запачканные в цветочном соку, и рассердилась:

— Какой грубиян этот Шмель... Даже удивительно!.. Еще ужалить хотел... Ведь все мое — и солнышко, и травка, и цветочки.

— Нет уж извините — мое! — проговорил мохнатый Червячок, карабкавшийся по стебельку травки.

Козявочка сообразила, что Червячок не умеет летать, и заговорила смелее:

— Извините меня, Червячок, вы ошибаетесь... Я вам не мешаю ползать, а со мной не спорьте!..

— Хорошо, хорошо... Вот только мою травку не троньте. Я этого не люблю, признаться сказать... Мало ли вас тут летает... Вы — народ легкомысленный, а я Червячок серьезный... Говоря откровенно, мне все принадлежит. Вот заползу на травку и съем, заползу на любой цветочек и тоже съем. До свидания!..

II

В несколько часов Козявочка узнала решительно все, именно: что кроме солнышка, синего неба и зеленой травки есть еще сердитые шмели, серьезные червячки и разные колючки на цветах. Одним словом, получилось большое огорчение. Козявочка даже обиделась. Помилуйте, она была уверена, что все принадлежит ей и создано для нее, а тут другие то же самое думают. Нет, что-то не так... Не может этого быть.

Летит Козявочка дальше и видит — вода.

— Уж это мое! — весело запищала она. — Моя вода... Ах, как весело!.. Тут и травка и цветочки.

А навстречу Козявочке летят другие козявочки.

— Здравствуй, сестрица!

— Здравствуйте, милые... А то уж мне стало скучно одной летать. Что вы тут делаете?

— А мы играем, сестрица... Иди к нам. У нас весело... Ты недавно родилась?

— Только сегодня... Меня чуть Шмель не ужалил, потом я видела Червяка... Я думала, что все мое, а они говорят, что все ихнее.

Другие козявочки успокоили гостью и пригласили играть вместе. Над водой козявки играли столбом: кружатся, летают, пищат. Наша Козявочка задыхалась от радости и скоро совсем забыла про сердитого Шмеля и серьезного Червяка.

— Ах, как хорошо! — шептала она в восторге. — Все мое: и солнышко, и травка, и вода. Зачем другие сердятся, — решительно не понимаю. Все мое, а я никому не мешаю жить: летайте, жужжите, веселитесь. Я позволяю...

Поиграла Козявочка, повеселилась и присела отдохнуть на болотную осоку. Надо же и отдохнуть, в самом деле. Смотрит Козявочка, как веселятся другие козявочки; вдруг, откуда ни возьмись, воробей, — как шмыгнет мимо, точно кто камень бросил.

— Ай, ой! — закричали козявочки и бросились врассыпную.

Когда воробей улетел, недосчитались целого десятка козявочек.

— Ах, разбойник! — бранились старые козявочки. — Целый десяток съел.

Это было похуже Шмеля. Козявочка начала бояться и спряталась с другими молодыми козявочками еще дальше в болотную траву. Но здесь — другая беда: двух козявочек съела рыбка, а двух — лягушка.

— Что же это такое? — удивлялась Козявочка. — Это уж совсем ни на что не похоже... Так и жить нельзя. У, какие гадкие!..

Хорошо, что козявочек было много, и убыли никто не замечал. Да еще прилетели новые козявочки, которые только что родились. Они летели и пищали:

— Все наше... Все наше...

— Нет, не все наше! — крикнула им наша Козявочка. — Есть еще сердитые шмели, серьезные червяки, гадкие воробьи, рыбки и лягушки. Будьте осторожны, сестрицы!..

Впрочем, наступила ночь, и все козявочки попрятались в камышах, где было так тепло. Высыпали звезды на небе, взошел месяц, и все отразилось в воде. Ах, как хорошо было!..

«Мой месяц, мои звезды», — думала наша Козявочка, но никому этого не сказала: как раз отнимут и это...

III

Так прожила Козявочка целое лето.

Много она веселилась, а много было и неприятного. Два раза ее чуть-чуть не проглотил проворный стриж; потом незаметно подобралась лягушка — мало ли у козявочек всяких врагов! Были и свои радости. Встретила Козявочка другую такую же козявочку с мохнатыми усиками. Та и говорит:

— Какая ты хорошенькая, Козявочка... Будем жить вместе.

И зажили вместе, совсем хорошо зажили. Все вместе: куда одна, туда и другая. И не заметили, как лето пролетело. Начались дожди, холодные ночи. Наша Козявочка нанесла яичек, спрятала их в густой траве и сказала:

— Ах, как я устала!..

Никто не видал, как Козявочка умерла. Да она и не умерла, а только заснула на зиму, чтобы весной проснуться снова и снова жить.

3

СКАЗКА ПРО КОМАРА КОМАРОВИЧА — ДЛИННЫЙ НОС И ПРО МОХНАТОГО МИШУ — КОРОТКИЙ ХВОСТ

I

Это случилось в самый полдень, когда все комары спрятались от жары в болото. Комар Комарович — длинный нос прикорнул под широкий лист и заснул. Спит и слышит отчаянный крик:

— Ой, батюшки!.. ой, карраул!..

Комар Комарович выскочил из-под листа и тоже закричал:

— Что случилось?.. Что вы орете?

А комары летают, жужжат, пищат — ничего разобрать нельзя.

— Ой, батюшки!.. Пришел в наше болото медведь и завалился спать. Как лег в траву, так сейчас же задавил пятьсот комаров, как дохнул — проглотил целую сотню. Ой, беда, братцы! Мы едва унесли от него ноги, а то всех бы передавил...

Комар Комарович — длинный нос сразу

рассердился; рассердился и на медведя и на глупых комаров, которые пищали без толку.

— Эй, вы, перестаньте пищать! — крикнул он. — Вот я сейчас пойду и прогоню медведя... Очень просто! А вы орете только напрасно...

Еще сильнее рассердился Комар Комарович и полетел. Действительно, в болоте лежал медведь. Забрался в самую густую траву, где комары жили с испокон века, развалился и носом сопит, только свист идет, точно кто на трубе играет. Вот бессовестная тварь!.. Забрался в чужое место, погубил напрасно столько комариных душ, да еще спит так сладко!

— Эй, дядя, ты это куда забрался? — закричал Комар Комарович на весь лес, да так громко, что даже самому сделалось страшно.

Мохнатый Миша открыл один глаз — никого не видно, открыл другой глаз — едва рассмотрел, что летает комар над самым его носом.

— Тебе что нужно, приятель? — заворчал Миша и тоже начал сердиться. — Как же, только расположился отдохнуть, а тут какой-то негодяй пищит.

— Эй, уходи подобру-поздорову, дядя!..

Миша открыл оба глаза, посмотрел на нахала, фукнул носом и окончательно рассердился.

— Да что тебе нужно, негодная тварь? — зарычал он.

— Уходи из нашего места, а то я шутить не люблю... Вместе и с шубой тебя съем.

Медведю сделалось смешно. Перевалился он на другой бок, закрыл морду лапой и сейчас же захрапел.

II

Полетел Комар Комарович обратно к своим комарам и трубит на все болото:

— Ловко я напугал мохнатого Мишку... В другой раз не придет.

Подивились комары и спрашивают:

— Ну, а сейчас-то медведь где?

— А не знаю, братцы... Сильно струсил, когда я ему сказал, что съем, если не уйдет. Ведь я шутить не люблю, а так прямо и сказал: съем. Боюсь, как бы он не околел со страху, пока я к вам летаю... Что же, сам виноват!

Запищали все комары, зажужжали и долго спорили, как им быть с невежей медведем. Никогда еще в болоте не было такого страшного шума. Пищали, пищали и решили — выгнать медведя из болота.

— Пусть идет к себе домой, в лес, там и спит. А болото наше... Еще отцы и деды наши вот в этом самом болоте жили.

Одна благоразумная старушка Комариха посоветовала было оставить медведя в покое: пусть его полежит, а когда выспится — сам уйдет, но на нее все так накинулись, что бедная едва успела спрятаться.

— Идем, братцы! — кричал больше всех Комар Комарович. — Мы ему покажем... да!..

Полетели комары за Комар Комаровичем. Летят и пищат, даже самим страшно делается. Прилетели, смотрят, а медведь лежит и не шевелится.

— Ну, я так и говорил: умер, бедняга, со страху! — хвастался Комар Комарович. — Даже жаль немножко, вон какой здоровый медведище...

— Да он спит, братцы! — пропищал маленький комаришка, подлетевший к самому медвежьему носу и чуть не втянутый туда, как в форточку.

— Ах, бесстыдник! Ах, бессовестный! — запищали все комары разом и подняли ужасный гвалт. — Пятьсот комаров задавил, сто комаров проглотил и сам спит как ни в чем не бывало...

А мохнатый Миша спит себе да носом посвистывает.

— Он притворяется, что спит! — крикнул Комар Комарович и полетел на медведя. — Вот я ему сейчас покажу... Эй, дядя, будет притворяться!

Как налетит Комар Комарович, как вопьется своим длинным носом прямо в черный медвежий нос, Миша так и вскочил, — хвать лапой по носу, а Комар Комаровича как не бывало.

— Что, дядя, не понравилось? — пищит Комар Комарович. — Уходи, а то хуже будет... Я теперь не один, Комар Комарович — длинный нос, а прилетели со мной и дедушка, Комарище — длинный носище, и младший брат, Комаришко — длинный носишко! Уходи, дядя...

— А я не уйду! — закричал медведь, усаживаясь на задние лапы. — Я вас всех передавлю...

— Ой, дядя, напрасно хвастаешь...

Опять полетел Комар Комарович и впился медведю прямо в глаз. Заревел медведь от боли, хватил себя лапой по морде, и опять в лапе ничего, только чуть глаз себе не вырвал когтем. А Комар Комарович вьется над самым медвежьим ухом и пищит:

— Я тебя съем, дядя...

III

Рассердился окончательно Миша. Выворотил он вместе с корнем целую березу и принялся колотить ею комаров. Так и ломит со всего плеча... Бил, бил, даже устал, а ни одного убитого комара нет — все вьются над ним и пищат. Тогда ухватил Миша тяжелый камень и запустил им в комаров — опять толку нет.

— Что, взял, дядя? — пищал Комар Комарович. — А я тебя все-таки съем...

Долго ли, коротко ли сражался Миша с комарами, только шуму было много. Далеко был слышен медвежий рев. А сколько он деревьев вырвал, сколько камней выворотил!.. Все ему хотелось зацепить первого Комар Комаровича — ведь вот тут, над самым ухом, вьется, а хватит медведь лапой, и опять ничего, только всю морду себе в кровь исцарапал.

Обессилел наконец Миша. Присел он на задние лапы, фыркнул и придумал новую штуку, — давай кататься по траве, чтобы передавить все комариное царство. Катался, катался Миша, однако и из этого ничего не вышло, а только еще больше устал он. Тогда медведь спрятал морду в мох — вышло того хуже. Комары вцепились в медвежий хвост. Окончательно рассвирепел медведь.

— Постойте, вот я вам задам!.. — ревел он так, что за пять верст было слышно. — Я вам покажу штуку... я... я... я...

Отступили комары и ждут, что будет. А Миша на дерево вскарабкался, как акробат, засел на самый толстый сук и ревет:

— Ну-ка, подступитесь теперь ко мне... Всем носы пообломаю!..

Засмеялись комары тонкими голосами и бросились на медведя уже всем войском. Пищат, кружатся, лезут... Отбивался, отбивался Миша, проглотил нечаянно штук сто комариного войска, закашлялся, да как сорвется с сука, точно мешок... Однако поднялся, почесал ушибленный бок и говорит:

— Ну что, взяли? Видели, как я ловко с дерева прыгаю?..

Еще тоньше рассмеялись комары, а Комар Комарович так и трубит:

— Я тебя съем... я тебя съем... съем... съем!..

Изнемог окончательно медведь, выбился из сил, а уходить из болота стыдно. Сидит он на задних лапах и только глазами моргает.

Выручила его из беды лягушка. Выскочила из-под кочки, присела на задние лапки и говорит:

— Охота вам, Михайло Иваныч, беспокоить себя напрасно?.. Не обращайте вы на этих дрянных комаришек внимания. Не стоит.

— И то не стоит, — обрадовался медведь. —

Я это так... Пусть-ка они ко мне в берлогу придут, да я... я...

Как повернется Миша, как побежит из болота, а Комар Комарович — длинный нос летит за ним, летит и кричит:

— Ой, братцы, держите! Убежит медведь... Держите!..

Собрались все комары, посоветовались и решили: «Не стоит! Пусть его уходит — ведь болото-то осталось за нами!»

4

ВАНЬКИНЫ ИМЕНИНЫ

I

Бей, барабан: та-та! тра-та-та! Играйте трубы: тру-ту! ту-ру-ру!.. Давайте сюда всю музыку, — сегодня Ванька именинник!.. Дорогие гости, милости просим... Эй, все собирайтесь сюда! Тра-та-та! Тру-ру-ру!

Ванька похаживает в красной рубахе и приговаривает:

— Братцы, милости просим... Угощенья — сколько угодно. Суп из самых свежих щепок; котлеты из лучшего, самого чистого песку; пирожки из разноцветных бумажек; а какой чай! Из самой хорошей кипяченой воды. Милости просим... Музыка, играй!..

Та-та! Тра-та-та! Тру-ту! Ту-ру-ру!

Гостей набралось полна комната. Первым прилетел пузатый деревянный Волчок.

— Жж... жж... где именинник? Жж... жж... Я очень люблю повеселиться в хорошей компании...

Пришли две куклы. Одна — с голубыми глазами, Аня, у нее немного был попорчен носик; другая — с черными глазами, Катя, у нее недоставало одной руки. Они пришли чинно и заняли место на игрушечном диванчике.

— Посмотрим, какое угощенье у Ваньки, — заметила Аня. — Что-то уж очень хвастает. Музыка недурна, а относительно угощения я сильно сомневаюсь.

— Ты, Аня, вечно чем-нибудь недовольна, — укорила ее Катя.

— А ты вечно готова спорить...

Куклы немного поспорили и даже готовы были поссориться, но в этот момент приковылял на одной ноге сильно подержанный Клоун и сейчас же их примирил:

— Все будет отлично, барышни! Отлично повеселимся. Конечно, у меня одной ноги недостает, но ведь Волчок и на одной ноге вон как кружится. Здравствуй, Волчок...

— Жж... Здравствуй! Отчего это у тебя один глаз как будто подбит?

— Пустяки... Это я свалился с дивана. Бывает и хуже.

— Ох, как скверно бывает... Я иногда со всего разбега так стукнусь в стену, прямо головой!..

— Хорошо, что голова-то у тебя пустая...

— Все-таки больно... Жж... Попробуй-ка сам, так узнаешь.

Клоун только защелкал своими медными

тарелками. Он вообще был легкомысленный мужчина.

Пришел Петрушка и привел с собой целую кучу гостей: собственную жену, Матрену Ивановну, немца доктора, Карла Иваныча, и большеносого Цыгана; а Цыган притащил с собой трехногую лошадь.

— Ну, Ванька, принимай гостей! — весело заговорил Петрушка, щелкая себя по носу. — Один другого лучше. Одна моя Матрена Ивановна чего стоит... Очень она любит у меня чай пить, точно утка.

— Найдем и чай, Петр Иваныч, — ответил Ванька. — А мы хорошим гостям всегда рады... Садитесь, Матрена Ивановна! Карл Иваныч, милости просим...

Пришли еще Медведь с Зайцем, серенький бабушкин Козлик с Уточкой-хохлаткой, Петушок с Волком, — всем место нашлось у Ваньки.

Последними пришли Аленушкин Башмачок и Аленушкина Метелочка. Посмотрели они — все места заняты, а Метелочка сказала:

— Ничего, я и в уголке постою...

А Башмачок ничего не сказал и молча залез под диван. Это был очень почтенный Башмачок, хотя и стоптанный. Его немного смущала только дырочка, которая была на самом носике. Ну, да ничего, под диваном никто не заметит.

— Эй, музыка! — скомандовал Ванька.

Забил барабан: тра-та! та-та! Заиграли трубы: тру-ту! И всем гостям вдруг сделалось так весело, так весело...

II

Праздник начался отлично. Бил барабан сам собой, играли сами трубы, жужжал Волчок, звенел своими тарелочками Клоун, а Петрушка неистово пищал. Ах, как было весело!..

— Братцы, гуляй! — покрикивал Ванька, разглаживая свои льняные кудри.

Аня и Катя смеялись тонкими голосками, неуклюжий Медведь танцевал с Метелочкой, серенький Козлик гулял с Уточкой-хохлаткой, Клоун кувыркался, показывая свое искусство, а доктор Карл Иваныч спрашивал Матрену Ивановну:

— Матрена Ивановна, не болит ли у вас животик?

— Что вы, Карл Иваныч! — обижалась Матрена Ивановна. — С чего вы это взяли?..

— А ну, покажите язык.

— Отстаньте, пожалуйста...

— Я здесь... — прозвенела тонким голоском серебряная Ложечка, которой Аленушка ела свою кашку.

Она лежала до сих пор спокойно на столе, а когда доктор заговорил об языке, не утерпела и соскочила. Ведь доктор всегда при ее помощи осматривает у Аленушки язычок...

— Ах, нет... Не нужно, — запищала Матрена Ивановна и так смешно размахивала руками, точно ветряная мельница.

— Что же, я не навязываюсь со своими услугами, — обиделась Ложечка.

Она даже хотела рассердиться, но в это

время к ней подлетел Волчок, и они принялись танцевать. Волчок жужжал, Ложечка звенела... Даже Аленушкин Башмачок не утерпел, вылез из-под дивана и шепнул Метелочке:

— Я вас очень люблю, Метелочка...

Метелочка сладко закрыла глазки и только вздохнула. Она любила, чтобы ее любили. Ведь она всегда была такой скромной Метелочкой и никогда не важничала, как это случалось иногда с другими. Например, Матрена Ивановна или Аня и Катя, — эти милые куклы любили посмеяться над чужими недостатками: у Клоуна не хватало одной ноги, у Петрушки был длинный нос, у Карла Иваныча — лысина, Цыган походил на головешку, а всего больше доставалось имениннику Ваньке.

— Он мужиковат немного, — говорила Катя.

— И, кроме того, хвастун, — прибавила Аня.

Повеселившись, все уселись за стол, и начался уже настоящий пир. Обед прошел, как на настоящих именинах, хотя дело и не обошлось без маленьких недоразумений. Медведь по ошибке чуть не съел Зайчика вместо котлетки; Волчок чуть не подрался с Цыганом из-за Ложечки — последний хотел ее украсть и уже спрятал было к себе в карман. Петр Иваныч, известный забияка, успел поссориться с женой, и поссорился из-за пустяков.

— Матрена Ивановна, успокойтесь, — уговаривал ее Карл Иваныч. — Ведь Петр Иваныч добрый... У вас, может быть, болит головка? У меня есть с собой отличные порошки...

— Оставьте ее, доктор, — говорил Петрушка. — Это уж такая невозможная женщина... А впрочем, я ее очень люблю. Матрена Ивановна, поцелуемтесь...

— Ура! — кричал Ванька. — Это гораздо лучше, чем ссориться. Терпеть не могу, когда люди ссорятся. Вон посмотрите...

Но тут случилось нечто совершенно неожиданное и такое ужасное, что даже страшно сказать.

Бил барабан: тра-та! та-та-та! Играли трубы: тру-ру! ру-ру-ру! Звенели тарелочки Клоуна, серебряным голоском смеялась Ложечка, жужжал Волчок, а развеселившийся Зайчик кричал: бо-бо-бо!.. Фарфоровая Собачка громко лаяла, резиновая Кошечка ласково мяукала, а Медведь так притоптывал ногой, что дрожал пол. Веселее всех оказался серенький бабушкин Козлик. Он, во-первых, танцевал лучше всех, а потом так смешно потряхивал своей бородой и скрипучим голосом ревел: мее-ке-ке!..

III

Позвольте, как все это случилось? Очень трудно рассказать все по порядку, потому что из участников происшествия помнил все дело только один Аленушкин Башмачок. Он был благоразумен и вовремя успел спрятаться под диван.

Да, так вот как было дело. Сначала пришли поздравить Ваньку деревянные Кубики... Нет, опять не так. Началось совсем не с этого. Кубики действительно пришли, но всему виной была черноглазая Катя. Она, она, верно!.. Эта хорошенькая плутовка еще в конце обеда шепнула Ане:

— А как ты думаешь, Аня, кто здесь всех красивее?

Кажется, вопрос самый простой, а между тем Матрена Ивановна страшно обиделась и заявила Кате прямо:

— Что же вы думаете, что мой Петр Иваныч урод?

— Никто этого не думает, Матрена Ивановна, — попробовала оправдываться Катя, но было уже поздно.

— Конечно, нос у него немного велик, — продолжала Матрена Ивановна. — Но ведь это заметно, если только смотреть на Петра Иваныча сбоку... Потом, у него дурная привычка страшно пищать и со всеми драться, но он все-таки добрый человек. А что касается ума...

Куклы заспорили с таким азартом, что обратили на себя общее внимание. Вмешался прежде всего, конечно, Петрушка и пропищал:

— Верно, Матрена Ивановна... Самый красивый человек здесь, конечно, я!

Тут уже все мужчины обиделись. Помилуйте, этакий самохвал этот Петрушка! Даже слушать противно. Клоун был не мастер говорить и обиделся молча, а зато доктор Карл Иваныч сказал очень громко:

— Значит, мы все уроды? Поздравляю, господа...

Разом поднялся гвалт. Кричал что-то по-своему Цыган, рычал Медведь, выл Волк, кричал серенький Козлик, жужжал Волчок — одним словом, все обиделись окончательно.

— Господа, перестаньте! — уговаривал всех Ванька. — Не обращайте внимания на Петра Иваныча... Он просто пошутил.

Но все было напрасно. Волновался главным образом Карл Иваныч. Он даже стучал кулаком по столу и кричал:

— Господа, хорошо угощенье, нечего сказать!.. Нас и в гости пригласили только за тем, чтобы назвать уродами...

— Милостивые государыни и милостивые государи! — старался перекричать всех Ванька. — Если уж на то пошло, господа, так здесь всего один урод — это я... Теперь вы довольны?

Потом... Позвольте, как это случилось? Да, да, вот как было дело. Карл Иваныч разгорячился окончательно и начал подступать к Петру Иванычу. Он погрозил ему пальцем и повторял:

— Если бы я не был образованным человеком и если бы я не умел себя держать прилично в порядочном обществе, я сказал бы вам, Петр Иваныч, что вы даже весьма дурак...

Зная драчливый характер Петрушки, Ванька хотел встать между ним и доктором, но по дороге задел кулаком по длинному носу Петрушки. Петрушке показалось, что его ударил не Ванька, а доктор... Что тут началось!.. Петрушка вцепился в доктора; сидевший в стороне Цыган ни с того ни с сего начал колотить Клоуна, Медведь с рычанием бросился на Волка, Волчок бил своей пустой головой Козлика — одним словом, вышел настоящий скандал. Куклы пищали тонкими голосами и все три со страху упали в обморок.

— Ах, мне дурно!.. — кричала Матрена Ивановна, падая с дивана.

— Господа, что же это такое?.. — орал Ванька. — Господа, ведь я именинник... Господа, это, наконец, невежливо!..

Произошла настоящая свалка, так что было

уже трудно разобрать, кто кого колотит. Ванька напрасно старался разнимать дравшихся и кончил тем, что сам принялся колотить всех, кто подвертывался ему под руку, и так как он был всех сильнее, то гостям пришлось плохо.

— Карраул!! Батюшки... ой, карраул! — орал сильнее всех Петрушка, стараясь ударить доктора побольнее... — Убили Петрушу до смерти... Карраул!..

От свалки ушел один Башмачок, вовремя успевший спрятаться под диван. Он со страху даже глаза закрыл, а в это время за него спрятался Зайчик, тоже искавший спасения в бегстве.

— Ты это куда лезешь? — заворчал Башмачок.

— Молчи, а то еще услышат, и обоим достанется, — уговаривал Зайчик, выглядывая косым глазом из дырочки в носке. — Ах, какой разбойник этот Петрушка!.. Всех колотит — и сам же орет благим матом. Хорош гость, нечего сказать... А я едва убежал от Волка. Ах! Даже вспомнить страшно... А вон Уточка лежит кверху ножками. Убили, бедную...

— Ах, какой ты глупый, Зайчик: все куклы лежат в обмороке, ну и Уточка вместе с другими.

Дрались, дрались, долго дрались, пока Ванька не выгнал всех гостей, исключая кукол. Матрене Ивановне давно уже надоело лежать в обмороке, она открыла один глаз и спросила:

— Господа, где я? Доктор, посмотрите, жива ли я?..

Ей никто не отвечал, и Матрена Ивановна открыла другой глаз. В комнате было пусто, а Ванька стоял посредине и с удивлением оглядывался кругом. Очнулись Аня и Катя и тоже удивились.

— Здесь было что-то ужасное, — говорила Катя. — Хорош именинник, нечего сказать!

Куклы разом накинулись на Ваньку, который решительно не знал, что ему отвечать. И его кто-то бил, и он кого-то бил, а за что, про что — неизвестно.

— Решительно не знаю, как все это вышло, — говорил он, разводя руками. — Главное, что обидно: ведь я их всех люблю... решительно всех.

— А мы знаем как, — отозвались из-под дивана Башмачок и Зайчик. — Мы все видели!..

— Да это вы виноваты! — накинулась на них Матрена Ивановна. — Конечно, вы... Заварили кашу, а сами спрятались.

— Они, они!.. — закричали в один голос Аня и Катя.

— Ага, вон в чем дело! — обрадовался Ванька. — Убирайтесь вон, разбойники... Вы ходите по гостям только ссорить добрых людей.

Башмачок и Зайчик едва успели выскочить в окно.

— Вот я вас... — грозила им вслед кулаком Матрена Ивановна. — Ах, какие бывают на свете дрянные люди! Вот и Уточка скажет то же самое.

— Да, да... — подтвердила Уточка. — Я своими глазами видела, как они спрятались под диван. — Уточка всегда и со всеми соглашалась.

— Нужно вернуть гостей... — продолжала Катя. — Мы еще повеселимся...

Гости вернулись охотно. У кого был подбит глаз, кто прихрамывал; у Петрушки всего сильнее пострадал его длинный нос.

— Ах, разбойники! — повторяли все в один голос, браня Зайчика и Башмачок. — Кто бы мог подумать?..

— Ах, как я устал! Все руки отколотил, — жаловался Ванька. — Ну, да что поминать старое... Я не злопамятен. Эй, музыка!..

Опять забил барабан: тра-та! та-та-та! Заиграли трубы: тру-ту! ру-ру-ру!.. А Петрушка неистово кричал:

— Ура, Ванька!..

5

СКАЗКА ПРО ВОРОБЬЯ ВОРОБЕИЧА, ЕРША ЕРШОВИЧА И ВЕСЕЛОГО ТРУБОЧИСТА ЯШУ

I

Воробей Воробеич и Ерш Ершович жили в большой дружбе. Каждый день летом Воробей Воробеич прилетал к речке и кричал:

— Эй, брат, здравствуй!.. Как поживаешь?

— Ничего, живем помаленьку, — отвечал Ерш Ершович. — Иди ко мне в гости. У меня, брат, хорошо в глубоких местах... Вода стоит тихо, всякой водяной травки сколько хочешь. Угощу тебя лягушачьей икрой, червячками, водяными козявками...

— Спасибо, брат! С удовольствием пошел бы я к тебе в гости, да воды боюсь. Лучше уж ты прилетай ко мне в гости на крышу... Я тебя, брат, ягодами буду угощать — у меня целый сад, а потом раздобудем и корочку хлебца, и овса, и сахару, и живого комарика. Ты ведь любишь сахар?

— Какой он?

— Белый такой...

— Как у нас гальки в реке?

— Ну вот. А возьмешь в рот — сладко. Твою гальку не съешь. Полетим сейчас на крышу?

— Нет, я не умею летать, да и задыхаюсь на воздухе. Вот лучше на воде поплаваем вместе. Я тебе все покажу...

Воробей Воробеич пробовал заходить в воду — по колена зайдет, а дальше страшно делается. Так-то и утонуть можно! Напьется Воробей Воробеич светлой речной водицы, а в жаркие дни покупается где-нибудь на мелком месте, почистит перышки и опять к себе на крышу. Вообще жили они дружно и любили поговорить о разных делах.

— Как это тебе не надоест в воде сидеть? — часто удивлялся Воробей Воробеич. — Мокро в воде — еще простудишься...

Ерш Ершович удивлялся в свою очередь:

— Как тебе, брат, не надоест летать? Вон как жарко бывает на солнышке: как раз задохнешься. А у меня всегда прохладно. Плавай себе сколько хочешь. Небойсь летом все ко мне в воду лезут купаться... А на крышу кто к тебе пойдет?

— И еще как ходят, брат!.. У меня есть большой приятель — трубочист Яша. Он постоянно в гости ко мне приходит... И веселый такой трубочист — все песни поет. Чистит трубы, а сам напевает. Да еще присядет на самый конек отдохнуть, достанет хлебца и

закусывает, а я крошки подбираю. Душа в душу живем. Я ведь тоже люблю повеселиться.

У друзей и неприятности были почти одинаковые. Например, зима: как зяб бедный Воробей Воробеич! Ух, какие холодные дни бывали! Кажется, вся душа готова вымерзнуть. Нахохлится Воробей Воробеич, подберет под себя ноги, да и сидит. Одно только спасение — забраться куда-нибудь в трубу и немного погреться. Но и тут беда.

Раз Воробей Воробеич чуть-чуть не погиб благодаря своему лучшему другу-трубочисту. Пришел трубочист да как спустит в трубу свою чугунную гирю с помелом — чуть-чуть голову не проломил Воробью Воробеичу. Выскочил он из трубы весь в саже, хуже трубочиста, и сейчас браниться:

— Ты это что же, Яша, делаешь-то? Ведь этак можно и до смерти убить...

— А я почем же знал, что ты в трубе сидишь?

— А будь вперед осторожнее... Если бы я тебя чугунной гирей по голове стукнул, разве это хорошо?

Ершу Ершовичу тоже по зимам приходилось несладко. Он забирался куда-нибудь поглубже в омут и там дремал по целым дням. И темно, и холодно, и не хочется шевелиться. Изредка он подплывал к проруби, когда звал Воробей Воробеич. Подлетит к проруби воды напиться и крикнет:

— Эй, Ерш Ершович, жив ли ты?

— Жив... — сонным голосом откликается Ерш Ершович. — Только все спать хочется. Вообще скверно. У нас все спят.

— И у нас тоже не лучше, брат! Что делать, приходится терпеть... Ух, какой злой ветер бывает!.. Тут, брат, не заснешь... Я все на одной ножке прыгаю, чтобы согреться. А люди смотрят и говорят: «Посмотрите, какой веселенький воробушек!» Ах, только бы дождаться тепла... Да ты уж опять, брат, спишь?..

А летом опять свои неприятности. Раз ястреб версты две гнался за Воробьем Воробеичем, и тот едва успел спрятаться в речной осоке.

— Ох, едва жив ушел! — жаловался он Ершу Ершовичу, едва переводя дух. — Вот разбойник-то!.. Чуть-чуть не сцапал, а там бы — поминай как звали.

— Это вроде нашей щуки, — утешал Ерш Ершович. — Я тоже недавно чуть-чуть не попал ей в пасть. Как бросится за мной, точно молния! А я выплыл с другими рыбками и думал, что в воде лежит полено, а как это полено бросится за мной... Для чего только эти щуки водятся? Удивляюсь и не могу понять...

— И я тоже... Знаешь, мне кажется, что ястреб когда-нибудь был щукой, а щука была ястребом. Одним словом, разбойники...

II

Да, так жили да поживали Воробей Воробеич и Ерш Ершович, зябли по зимам, радовались летом; а веселый трубочист Яша чистил свои трубы и попевал песенки. У каждого свое дело, свои радости и свои огорчения.

Однажды летом трубочист кончил свою работу и пошел к речке смыть с себя сажу. Идет да посвистывает, а тут слышит — страшный шум. Что такое случилось? А над рекой птицы так и вьются: и утки, и гуси, и ласточки, и бекасы, и вороны, и голуби. Все шумят, орут, хохочут — ничего не разберешь.

— Эй, вы, что случилось? — крикнул трубочист.

— А вот и случилось... — чиликнула бойкая синичка. — Так смешно, так смешно!.. Посмотри, что наш Воробей Воробеич делает... Совсем взбесился.

Синичка засмеялась тоненьким-тоненьким

голоском, вильнула хвостиком и взвилась над рекой.

Когда трубочист подошел к реке, Воробей Воробеич так и налетел на него. А сам страшный такой: клюв раскрыт, глаза горят, все перышки стоят дыбом.

— Эй, Воробей Воробеич, ты это что, брат, шумишь тут? — спросил трубочист.

— Нет, я ему покажу!.. — орал Воробей Воробеич, задыхаясь от ярости. — Он еще не знает, каков я... Я ему покажу, проклятому Ершу Ершовичу! Он будет меня поминать, разбойник...

— Не слушай его! — крикнул трубочисту из воды Ерш Ершович. — Все-то он врет...

— Я вру? — орал Воробей Воробеич. — А кто червяка нашел? Я вру!.. Жирный такой червяк! Я его на берегу выкопал... Сколько трудился... Ну, схватил его и тащу домой, в свое гнездо. У меня семейство — должен я корм носить... Только вспорхнул с червяком над рекой, а проклятый Ерш Ершович, — чтоб его щука проглотила! — как крикнет: «Ястреб!» Я со страху крикнул — червяк упал в воду, а Ерш Ершович его и проглотил... Это называется врать?! И ястреба никакого не было...

— Что же, я пошутил, — оправдывался Ерш Ершович. — А червяк действительно был вкусный...

Около Ерша Ершовича собралась всякая рыба: плотва, караси, окуни, малявки, — слушают и смеются. Да, ловко пошутил Ерш Ершович над старым приятелем! А еще смешнее, как Воробей Воробеич вступил в драку с ним. Так и налетает, так и налетает, а взять ничего не может.

— Подавись ты моим червяком! — бранился Воробей Воробеич. — Я другого себе выкопаю... А обидно то, что Ерш Ершович обманул меня и надо мной же еще смеется. А я его еще к себе на крышу звал... Хорош приятель, нечего сказать. Вот и трубочист Яша то же скажет... Мы с ним тоже дружно живем и даже вместе закусываем иногда: он ест — я крошки подбираю.

— Постойте, братцы, это самое дело нужно рассудить, — заявил трубочист. — Дайте только мне сначала умыться... Я разберу ваше дело по совести. А ты, Воробей Воробеич, пока немного успокойся...

— Мое дело правое, — что же мне беспокоиться! — орал Воробей Воробеич. — А только я покажу Ершу Ершовичу, как со мной шутки шутить...

Трубочист присел на бережок, положил рядом на камешек узелок со своим обедом, вымыл руки и лицо и проговорил:

— Ну, братцы, теперь будем суд судить... Ты, Ерш Ершович, — рыба, а ты, Воробей Воробеич, — птица. Так я говорю?

— Так! так!.. — закричали все, и птицы и рыбы. — Будем говорить дальше. Рыба должна жить в воде, а птица — в воздухе. Так я говорю? Ну, вот... А червяк, например, живет в земле. Хорошо. Теперь смотрите...

Трубочист развернул свой узелок, положил на камень кусок ржаного хлеба, из которого состоял весь его обед, и проговорил:

— Вот, смотрите: что это такое? Это — хлеб. Я его заработал, и я его съем; съем и водицей запью. Так? Значит, пообедаю и никого не обижу. Рыба и птица тоже хочет пообедать... У вас, значит, своя пища. Зачем же ссориться? Воробей Воробеич откопал червячка, значит, он его заработал, и, значит, червяк — его...

— Позвольте, дяденька... — послышался в толпе птиц тоненький голосок.

Птицы раздвинулись и пустили вперед Бекасика-песочника, который подошел к самому трубочисту на своих тоненьких ножках.

— Дяденька, это неправда.

— Что неправда?

— Да червячка-то ведь я нашел... Вон спросите уток — они видели. Я его нашел, а Воробей налетел и украл.

Трубочист смутился. Выходило совсем не то.

— Как же это так?.. — бормотал он, собираясь с мыслями. — Эй, Воробей Воробеич, ты это что же, в самом деле, обманываешь?

— Это не я вру, а Бекас врет. Он сговорился вместе с утками...

— Что-то не тово, брат... гм... да! Конечно, червячок — пустяки; а только вот нехорошо красть. А кто украл, тот должен врать... Так я говорю? Да...

— Верно! Верно!.. — хором крикнули опять все. — А ты все-таки рассуди Ерша Ершовича с Воробьем Воробеичем. Кто у них прав?.. Оба шумели, оба дрались и подняли всех на ноги.

— Кто прав? Ах вы, озорники, Ерш Ершович и Воробей Воробеич!.. Право, озорники. Я обоих вас и накажу для примера... Ну, живо миритесь, сейчас же!

— Верно! — крикнули все хором. — Пусть помирятся...

— А Бекасика-песочника, который трудился, добывая червячка, я накормлю крошками, — решил трубочист. — Все и будут довольны...

— Отлично! — опять крикнули все.

Трубочист уже протянул руку за хлебом, а его и нет. Пока трубочист рассуждал, Воробей Воробеич успел его стащить.

— Ах, разбойник! Ах, плут! — возмутились все рыбы и все птицы.

И все бросились в погоню за вором. Краюшка была тяжела, и Воробей Воробеич не мог далеко улететь с ней. Его догнали как раз над рекой. Бросились на вора большие и малые птицы. Произошла настоящая свалка. Все так и рвут, только крошки летят в реку; а потом и краюшка полетела тоже в реку. Тут уж схватились за нее рыбы. Началась настоящая драка между рыбами и птицами. В крошки растерзали всю краюшку — и все крошки съели. Как есть ничего не осталось от краюшки. Когда краюшка была съедена, все опомнились и всем сделалось совестно. Гнались за вором Воробьем да по пути краденую краюшку и съели.

А веселый трубочист Яша сидит на бережку, смотрит и смеется. Уж очень смешно все вышло... Все убежали от него, остался один только Бекасик-песочник.

— А ты что же не летишь за всеми? — спрашивает трубочист.

— И я полетел бы, да ростом мал, дяденька. Как раз большие птицы заклюют...

— Ну, вот так-то лучше будет, Бекасик. Оба остались мы с тобой без обеда. Видно, мало еще поработали...

Пришла Аленушка на бережок, стала спрашивать веселого трубочиста Яшу, что случилось, и тоже смеялась.

— Ах, какие они все глупые, и рыбки и птички. А я бы разделила все — и червячка и краюшку, и никто бы не ссорился. Недавно я разделила четыре яблока... Папа приносит четыре яблока и говорит: «Раздели пополам — мне и Лизе». Я и разделила на три части: одно яблоко дала папе, другое — Лизе, а два взяла себе.

6

СКАЗКА О ТОМ, КАК ЖИЛА-БЫЛА ПОСЛЕДНЯЯ МУХА

I

Как было весело летом!.. Ах, как весело! Трудно даже рассказать все по порядку... Сколько было мух — тысячи. Летают, жужжат, веселятся... Когда родилась маленькая Мушка, расправила свои крылышки, ей сделалось тоже весело. Так весело, так весело, что не расскажешь. Всего интереснее было то, что с утра открывали все окна и двери на террасу, в какое хочешь, в то окно и лети.

— Какое доброе существо человек, — удивлялась маленькая Мушка, летая из окна в окно. — Это для нас сделаны окна, и отворяют их тоже для нас. Очень хорошо, а главное — весело...

Она тысячу раз вылетала в сад, посидела на зеленой травке, полюбовалась цветущей сиренью, нежными листиками распускавшейся липы и цветами в клумбах. Неизвестный ей до сих пор садовник уже успел вперед позаботиться обо всем. Ах, какой он добрый, этот садовник!.. Мушка еще не родилась, а он уже все успел приготовить, решительно все, что нужно маленькой Мушке. Это было тем удивительнее, что сам он не умел летать и даже ходил иногда с большим трудом — его так и покачивало, и садовник что-то бормотал совсем непонятное.

— И откуда только эти проклятые мухи берутся? — ворчал добрый садовник.

Вероятно, бедняга говорил это просто из зависти, потому что сам умел только копать гряды, рассаживать цветы и поливать их, а летать не мог. Молодая Мушка нарочно кружилась над красным носом садовника и страшно ему надоедала.

Потом, люди вообще так добры, что везде доставляли разные удовольствия именно мухам. Например, Аленушка утром пила молочко, ела булочку и потом выпрашивала у тети Оли сахару, все это она делала только для того, чтобы оставить мухам несколько капелек пролитого молока, а главное — крошки булки и сахара. Ну, скажите, пожалуйста, что может быть вкуснее таких крошек, особенно когда летаешь все утро и проголодаешься?.. Потом, кухарка Паша была еще добрее Аленушки. Она каждое утро нарочно для мух ходила на рынок и приносила удивительно вкусные вещи: говядину, иногда рыбу, сливки, масло, — вообще самая добрая женщина во всем доме. Она отлично знала, что нужно мухам, хотя летать тоже не умела, как и садовник. Очень хорошая женщина вообще!..

А тетя Оля? О, эта чудная женщина, кажется, специально жила только для мух... Она своими руками открывала все окна каждое утро, чтобы мухам было удобнее летать, а когда шел дождь или было холодно, закрывала их, чтобы мухи не замочили своих крылышек и не простудились. Потом тетя Оля заметила, что мухи очень любят сахар и ягоды, поэтому она принялась каждый день варить ягоды в сахаре. Мухи сейчас, конечно, догадались, для чего все это делается, и лезли из чувства благодарности прямо в тазик с вареньем. Аленушка тоже очень любила варенье, но тетя Оля давала ей всего одну или две ложечки, не желая обижать мух.

Так как мухи зараз не могли съесть всего, то тетя Оля откладывала часть варенья в стеклянные банки (чтобы не съели мыши, которым варенья совсем не полагается) и потом подавала его каждый день мухам, когда пила чай.

— Ах, какие все добрые и хорошие! — восхищалась молодая Мушка, летая из окна в окно. — Может быть, даже хорошо, что люди не умеют летать. Тогда бы они превратились в мух, больших и прожорливых мух, и, наверное, съели бы все сами... Ах, как хорошо жить на свете!

— Ну, люди уж не совсем такие добряки,

как ты думаешь, — заметила старая Муха, любившая поворчать. — Это только так кажется... Ты обратила внимание на человека, которого все называют «папой»?

— О да... Это очень странный господин. Вы совершенно правы, хорошая, добрая, старая Муха... Для чего он курит свою трубку, когда отлично знает, что я совсем не выношу табачного дыма? Мне кажется, что это он делает прямо назло мне... Потом, решительно ничего не хочет сделать для мух. Я раз попробовала чернил, которыми он что-то такое вечно пишет, и чуть не умерла... Это, наконец, возмутительно! Я своими глазами видела, как в его чернильнице утонули две такие хорошенькие, но совершенно неопытные мушки. Это была ужасная картина, когда он пером вытащил одну из них и посадил на бумагу великолепную кляксу... Представьте себе, он в этом обвинял не себя, а нас же! Где справедливость?..

— Я думаю, что этот папа совсем лишен справедливости, хотя у него есть одно достоинство... — ответила старая опытная Муха. — Он пьет пиво после обеда. Это совсем недурная привычка!.. Я, признаться, тоже не прочь выпить пива, хотя у меня и кружится от него голова... Что делать, дурная привычка!

— И я тоже люблю пиво, — призналась молоденькая Мушка и даже немного покраснела. — Мне делается от него так весело, так весело, хотя на другой день немного и болит голова. Но папа, может быть, оттого ничего не делает для мух, что сам не ест варенья, а сахар опускает только в стакан чаю. По-моему, нельзя ждать ничего хорошего от человека, который не ест варенья... Ему остается только курить свою трубку.

Мухи вообще знали отлично всех людей, хотя и ценили их по-своему.

II

Лето стояло жаркое, и с каждым днем мух являлось все больше и больше. Они падали в молоко, лезли в суп, в чернильницу, жужжали, вертелись и приставали ко всем. Но наша маленькая Мушка успела сделаться уже настоящей большой мухой и несколько раз чуть не погибла. В первый раз она увязла ножками в варенье, так что едва выползла; в другой раз, спросонья, налетела на зажженную лампу и чуть не спалила себе крылышек; в третий раз чуть не попала между оконных створок, — вообще приключений было достаточно.

— Что это такое: житья от этих мух не стало!.. — жаловалась кухарка. — Точно сумасшедшие, так и лезут везде... Нужно их изводить.

Даже наша Муха начала находить, что мух развелось слишком много, особенно в кухне. По вечерам потолок покрывался точно живой, двигавшейся сеткой. А когда приносили провизию, мухи бросались на нее живой кучей, толкали друг друга и страшно ссорились. Лучшие куски доставались только самым бойким и сильным, а остальным доставались объедки. Паша была права.

Но тут случилось нечто ужасное. Раз утром Паша вместе с провизией принесла пачку очень вкусных бумажек, то есть они сделались вкусными, когда их разложили на тарелочки, обсыпали мелким сахаром и облили теплой водой.

— Вот отличное угощенье мухам! — говорила кухарка Паша, расставляя тарелочки на самых видных местах.

Мухи и без Паши догадались сами, что это делается для них, и веселой гурьбой накинулись на новое кушанье. Наша Муха тоже бросилась к одной тарелочке, но ее оттолкнули довольно грубо.

— Что вы толкаетесь, господа? — обиделась она. — А впрочем, я уж не такая жадная, чтобы отнимать что-нибудь у других. Это, наконец, невежливо...

Дальше произошло что-то невозможное. Самые жадные мухи поплатились первыми... Они сначала бродили, как пьяные, а потом и совсем свалились. Наутро Паша намела целую большую тарелку мертвых мух. Остались живыми только самые благоразумные, а в том числе и наша Муха.

— Не хотим бумажек! — пищали все. — Не хотим...

Но на следующий день повторилось то же самое. Из благоразумных мух остались целыми только самые благоразумные. Но Паша находила, что слишком много и таких, самых благоразумных.

— Житья от них нет... — жаловалась она.

Тогда господин, которого звали папой, принес три стеклянных, очень красивых колпака, налил в них пива и поставил на тарелочки... Тут попались и самые благоразумные мухи. Оказалось, что эти колпаки просто мухоловки. Мухи летели на запах пива, попадали в колпак и там погибали, потому что не умели найти выхода.

— Вот теперь отлично!.. — одобряла Паша; она оказалась совершенно бессердечной женщиной и радовалась чужой беде.

Что же тут отличного, посудите сами? Если бы у людей были такие же крылья, как у мух, и если бы поставить мухоловки величиной с дом, то они попадались бы точно так же... Наша Муха, наученная горьким опытом даже самых благоразумных мух, перестала совсем верить людям. Они только кажутся добрыми, эти люди, а, в сущности, только тем и занимаются, что всю жизнь обманывают доверчивых, бедных мух. О, это самое хитрое и злое животное, если говорить правду!..

Мух сильно поубавилось от всех этих неприятностей, а тут новая беда. Оказалось, что лето прошло, начались дожди, подул холодный ветер, и вообще наступила неприятная погода.

— Неужели лето прошло? — удивлялись

оставшиеся в живых мухи. — Позвольте, когда же оно успело пройти? Это, наконец, несправедливо... Не успели оглянуться, а тут осень.

Это было похуже отравленных бумажек и стеклянных мухоловок. От наступавшей скверной погоды можно было искать защиты только у своего злейшего врага, то есть господина человека. Увы! теперь уже окна не отворялись по целым дням, а только изредка — форточки. Даже само солнце — и то светило точно для того только, чтобы обманывать доверчивых комнатных мух. Как вам понравится, например, такая картина? Утро. Солнце так весело заглядывает во все окна, точно приглашает всех мух в сад. Можно подумать, что возвращается опять лето... И что же, — доверчивые мухи вылетают в форточку, но солнце только светит, а не греет. Они летят назад — форточка закрыта. Много мух погибло таким образом в холодные осенние ночи только благодаря своей доверчивости.

— Нет, я не верю, — говорила наша Муха. — Ничему не верю... Если уж солнце обманывает, то кому же и чему можно верить?

Понятно, что с наступлением осени все мухи испытывали самое дурное настроение духа. Характер сразу испортился почти у всех. О прежних радостях не было и помину. Все сделались такими хмурыми, вялыми и недовольными. Некоторые дошли до того, что начали даже кусаться, чего раньше не было.

У нашей Мухи до того испортился характер, что она совершенно не узнавала самой себя. Раньше, например, она жалела других мух, когда те погибали, а сейчас думала только о себе. Ей было даже стыдно сказать вслух, что она думала:

«Ну и пусть погибают — мне больше останется».

Во-первых, настоящих теплых уголков, в которых может прожить зиму настоящая, порядочная муха, совсем не так много, а во-вторых, просто надоели другие мухи, которые везде лезли, выхватывали из-под носа самые лучшие куски и вообще вели себя довольно бесцеремонно. Пора и отдохнуть.

Эти другие мухи точно понимали эти злые мысли и умирали сотнями. Даже не умирали, а точно засыпали. С каждым днем их делалось все меньше и меньше, так что совершенно было не нужно ни отравленных бумажек, ни стеклянных мухоловок. Но нашей Мухе и этого было мало: ей хотелось остаться совершенно одной. Подумайте, какая прелесть — пять комнат и всего одна муха!..

III

Наступил и такой счастливый день. Рано утром наша Муха проснулась довольно поздно. Она давно уже испытывала какую-то непонятную усталость и предпочитала сидеть неподвижно в своем уголке, под печкой. А тут она почувствовала, что случилось что-то необыкновенное. Стоило подлететь к окну, как все разъяснилось сразу. Выпал первый снег... Земля была покрыта ярко белевшей пеленой.

— А, так вот какая бывает зима! — сообразила она сразу. — Она совсем белая, как кусок хорошего сахара...

Потом Муха заметила, что все другие мухи исчезли окончательно. Бедняжки не перенесли первого холода и заснули, кому где случилось. Муха в другое время пожалела бы их, а теперь подумала:

«Вот и отлично... Теперь я совсем одна!.. Никто не будет есть моего варенья, моего сахара, моих крошечек... Ах, как хорошо!..»

Она облетела все комнаты и еще раз убедилась, что она совершенно одна. Теперь можно было делать решительно все, что захочется. А как хорошо, что в комнатах так тепло! Зима — там на улице, а в комнатах и тепло, и светло, и уютно, особенно когда вечером зажигали лампы и свечи. С первой лампой, впрочем, вышла маленькая неприятность — Муха налетела было опять прямо на огонь и чуть не сгорела.

— Это, вероятно, зимняя ловушка для мух, — сообразила она, потирая обожженные лапки. — Нет, меня не проведете... О, я отлично все понимаю!.. Вы хотите сжечь последнюю муху? А я этого совсем не желаю... Тоже вот и плита в кухне, — разве я не понимаю, что это тоже ловушка для мух!..

Последняя Муха была счастлива всего несколько дней, а потом вдруг ей сделалось скучно, так скучно, так скучно, что, кажется, и не рассказать. Конечно, ей было тепло, она была сыта, а потом, потом она стала скучать. Полетает, полетает, отдохнет, поест, опять полетает — опять ей делается скучнее прежнего.

— Ах, как мне скучно! — пищала она самым жалобным, тоненьким голосом, летая из комнаты в комнату. — Хоть бы одна была мушка еще, самая скверная, а все-таки мушка...

Как ни жаловалась последняя Муха на свое одиночество, ее решительно никто не хотел понимать. Конечно, это ее злило еще больше, и она приставала к людям как сумасшедшая. Кому на нос сядет, кому на ухо, а то примется летать перед глазами взад и вперед. Одним словом, настоящая сумасшедшая.

— Господи, как же вы не хотите понять, что я совершенно одна и что мне очень скучно? — пищала она каждому. — Вы даже и летать не умеете, а поэтому не знаете, что такое скука. Хоть бы кто-нибудь поиграл со мной... Да нет, куда вам! Что может быть неповоротливее и неуклюжее человека? Самая безобразная тварь, какую я когда-нибудь встречала...

Последняя Муха надоела и собаке и кошке — решительно всем. Больше всего ее огорчило, когда тетя Оля сказала:

— Ах, последняя муха... Пожалуйста, не трогайте ее. Пусть живет всю зиму.

— Что же это такое? Это уж прямое оскорбление. Меня, кажется, и за муху перестали считать. «Пусть поживет» — скажите, какое сделали одолжение! А если мне скучно! А если я, может быть, и жить совсем не хочу? Вот не хочу — и все тут.

Последняя Муха до того рассердилась на всех, что даже самой сделалось страшно. Летает, жужжит, пищит... Сидевший в углу Паук наконец сжалился над ней и сказал:

— Милая Муха, идите ко мне... Какая красивая у меня паутина!

— Покорно благодарю... Вот еще нашелся приятель! Знаю я, что такое твоя красивая паутина. Наверно, ты когда-нибудь был человеком, а теперь только притворяешься пауком.

— Как знаете, я вам же добра желаю.

— Ах, какой противный! Это называется — желать добра: съесть последнюю Муху!..

Они сильно повздорили, и все-таки было скучно, так скучно, так скучно, что и не расскажешь. Муха озлобилась решительно на всех, устала и громко заявила:

— Если так, если вы не хотите понять, как мне скучно, так я буду сидеть в углу целую зиму... Вот вам!.. Да, буду сидеть и не выйду ни за что...

Она даже всплакнула с горя, припоминая минувшее летнее веселье. Сколько было веселых мух; а она еще желала остаться совершенно одной. Это была роковая ошибка...

Зима тянулась без конца, и последняя Муха начала думать, что лета больше уже не будет совсем. Ей хотелось умереть, и она плакала потихоньку. Это, наверно, люди придумали зиму, потому что они придумывают решительно все, что вредно мухам. А может быть, это тетя Оля спрятала куда-нибудь лето, как прячет сахар и варенье?..

Последняя Муха готова была совсем умереть с отчаяния, как случилось нечто совершенно особенное. Она, по обыкновению, сидела в своем уголке и сердилась, как вдруг слышит: ж-ж-жж!.. Сначала она не поверила собственным ушам, а подумала, что ее кто-нибудь обманывает. А потом... Боже, что это было!.. Мимо нее пролетела настоящая живая мушка, еще совсем молоденькая. Она только что успела родиться и радовалась.

— Весна начинается... весна! — жужжала она.

Как они обрадовались друг другу! Обнимались, целовались и даже облизывали одна другую хоботками. Старая Муха несколько дней рассказывала, как скверно провела всю зиму и как ей было скучно одной. Молоденькая Мушка только смеялась тоненьким голоском и никак не могла понять, как это было скучно.

— Весна, весна!.. — повторяла она.

Когда тетя Оля велела выставить все зимние рамы и Аленушка выглянула в первое открытое окно, последняя Муха сразу все поняла.

— Теперь я знаю все, — жужжала она, вылетая в окно, — лето делаем мы, мухи...

7

СКАЗОЧКА ПРО ВОРОНУШКУ — ЧЕРНУЮ ГОЛОВУШКУ И ЖЕЛТУЮ ПТИЧКУ КАНАРЕЙКУ

Сидит Ворона на березе и хлопает носом по сучку: хлоп-хлоп. Вычистила нос, оглянулась кругом да как каркнет:

— Карр... карр!..

Дремавший на заборе кот Васька чуть не свалился со страху и начал ворчать:

— Эк тебя взяло, черная голова... Даст же Бог такое горлышко!.. Чему обрадовалась-то?

— Отстань... Некогда мне, разве не видишь? Ах, как некогда... Карр-карр-карр!.. И все-то дела да дела.

— Умаялась, бедная! — засмеялся Васька.

— Молчи, лежебока... Ты вот все бока пролежал, только и знаешь, что на солнышке греться, а я-то с утра покоя не знаю: на десяти крышах посидела, полгорода облетела, все уголки и закоулки осмотрела. А еще вот надо на колокольню слетать, на рынке побывать, в огородах покопать... Да что я с тобой даром время теряю — некогда мне. Ах, как некогда!

Хлопнула Ворона в последний раз носом по сучку, встрепенулась и только что хотела вспорхнуть, как услышала страшный крик. Неслась стая воробьев, а впереди летела какая-то маленькая желтенькая птичка.

— Братцы, держите ее... ой, держите! — пищали воробьи.

— Что такое? Куда? — крикнула Ворона, бросаясь за воробьями.

Взмахнула Ворона крыльями раз десяток и догнала воробьиную стаю. Желтенькая птичка выбилась из последних сил и бросилась в маленький садик, где росли кусты сирени, смородины и черемухи. Она хотела спрятаться от гнавшихся за ней воробьев. Забилась желтенькая птичка под куст, а Ворона — тут как тут.

— Ты кто такая будешь? — каркнула она.

Воробьи так и обсыпали куст, точно кто бросил горсть гороху.

Они озлились на желтенькую птичку и хотели ее заклевать.

— За что вы ее обижаете? — спрашивала Ворона.

— А зачем она желтая... — запищали разом все воробьи.

Ворона посмотрела на желтенькую птичку: действительно, вся желтая, — мотнула головой и проговорила:

— Ах вы, озорники... Ведь это совсем не птица!.. Разве такие птицы бывают?.. А впрочем, убирайтесь-ка... Мне надо поговорить с этим чудом. Она только притворяется птицей...

Воробьи запищали, затрещали, озлились еще больше, а делать нечего — надо убираться. Разговоры с Вороной коротки: так хватит носищем, что и дух вон.

Разогнав воробьев, Ворона начала допытывать желтенькую птичку, которая тяжело дышала и так жалобно смотрела своими черными глазками.

— Кто ты такая будешь? — спрашивала Ворона.

— Я — Канарейка...

— Смотри не обманывай, а то плохо будет. Кабы не я, так воробьи заклевали бы тебя...

— Право, я — Канарейка...

— Откуда ты взялась?

— А я жила в клетке... в клетке и родилась, и выросла, и жила. Мне все хотелось полетать, как другие птицы. Клетка стояла на окне, и я все смотрела на других птичек... Так им весело было, а в клетке так тесно. Ну, девочка Аленушка принесла чашечку с водой, отворила дверку, а я и вырвалась. Летала, летала по комнате, а потом в форточку и вылетела.

— Что же ты делала в клетке?

— Я хорошо пою...

— Ну-ка, спой.

Канарейка спела. Ворона наклонила голову набок и удивилась.

— Ты это называешь пением? Ха-ха... Глупые же были твои хозяева, если кормили за такое пение. Если б уж кого кормить, так настоящую птицу, как, например, меня... Давеча каркнула — так плут Васька чуть с забора не свалился. Вот это пение!..

— Я знаю Ваську... Самый страшный зверь. Он сколько раз подбирался к нашей клетке. Глаза зеленые, так и горят, выпустит когти...

— Ну, кому страшен, а кому и нет... Плут он большой — это верно, а страшного ничего нет. Ну, да об этом поговорим потом... А мне все-таки не верится, что ты настоящая птица...

— Право, тетенька, я — птица, совсем птица. Все канарейки — птицы...

— Хорошо, хорошо, увидим... А вот как ты жить будешь?

— Мне немного нужно: несколько зернышек, сахару кусочек, сухарик, — вот и сыта.

— Ишь какая барыня... Ну, без сахару еще обойдешься, а зернышек как-нибудь добудешь. Вообще ты мне нравишься. Хочешь жить вместе? У меня на березе — отличное гнездо...

— Благодарю. Только вот воробьи...

— Будешь со мной жить, так никто не посмеет пальцем тронуть. Не то что воробьи, а и плут Васька знает хорошо мой характер. Я не люблю шутить...

Канарейка сразу ободрилась и полетела вместе с Вороной. Что же, гнездо отличное, если бы еще сухарик да сахару кусочек...

Стали Ворона с Канарейкой жить да поживать в одном гнезде. Ворона хоть и любила иногда поворчать, но была птица не злая. Главным недостатком в ее характере было то, что она всем завидовала, а себя считала обиженной.

— Ну, чем лучше меня глупые куры? А их кормят, за ними ухаживают, их берегут, — жаловалась она Канарейке. — Тоже вот взять голубей... Какой от них толк, а нет-нет и бросят им горсточку овса. Тоже глупая птица... А чуть я подлечу — меня сейчас все и начинают гнать в три шеи. Разве это справедливо? Да еще бранят вдогонку: «Эх ты, ворона!» А ты заметила, что я получше других буду, да и покрасивее?.. Положим, про себя этого не приходится говорить, а заставляют сами. Не правда ли?

Канарейка соглашалась со всем:

— Да, ты большая птица...

— Вот то-то и есть. Держат же попугаев в клетках, ухаживают за ними, а чем попугай лучше меня?.. Так, самая глупая птица. Только и знает, что орать да бормотать, а никто понять не может, о чем бормочет. Не правда ли?

— Да, у нас тоже был попугай и страшно всем надоедал.

— Да мало ли других таких птиц наберется, которые и живут неизвестно зачем!.. Скворцы, например, прилетят как сумасшедшие неизвестно откуда, проживут лето и опять улетят. Ласточки тоже, синицы, соловьи, — мало ли такой дряни наберется. Ни одной вообще серьезной, настоящей птицы... Чуть холодком пахнёт — все и давай удирать куда глаза глядят.

В сущности, Ворона и Канарейка не понимали друг друга. Канарейка не понимала этой жизни на воле, а Ворона не понимала жизни в неволе.

— Неужели вам, тетенька, никто зернышка никогда не бросил? — удивлялась Канарейка. — Ну, одного зернышка?

— Какая ты глупая... Какие тут зернышки? Только и смотри, как бы палкой кто не убил или камнем. Люди очень злы...

С последним Канарейка никак не могла согласиться, потому что ее люди кормили. Может быть, это Вороне так кажется... Впрочем, Канарейке скоро пришлось самой убедиться в людской злости. Раз она сидела на заборе, как вдруг над самой головой просвистел тяжелый камень. Шли по улице школьники, увидели на заборе Ворону, — как же не запустить в нее камнем?

— Ну что, теперь видела? — спрашивала Ворона, забравшись на крышу. — Вот все они такие, то есть люди.

— Может быть, вы чем-нибудь досадили им, тетенька?

— Решительно ничем... Просто так злятся. Они меня все ненавидят...

Канарейке сделалось жаль бедную Ворону,

которую никто, никто не любил. Ведь так и жить нельзя...

Врагов вообще было достаточно. Например, кот Васька... Какими маслеными глазами он поглядывал на всех птичек, притворялся спящим, и Канарейка видела собственными глазами, как он схватил маленького, неопытного воробышка, — только косточки захрустели и перышки полетели... Ух, страшно! Потом ястреба — тоже хороши: плавает в воздухе, а потом камнем и падает на какую-нибудь неосторожную птичку. Канарейка тоже видела, как ястреб тащил цыпленка. Впрочем, Ворона не боялась ни кошек, ни ястребов и даже сама была не прочь полакомиться маленькой птичкой. Сначала Канарейка этому не верила, пока не убедилась собственными глазами. Раз она увидела, как воробьи целой стаей гнались за Вороной. Летят, пищат, трещат... Канарейка страшно испугалась и спряталась в гнезде.

— Отдай, отдай! — неистово пищали воробьи, летая над вороньим гнездом. — Что же это такое? Это разбой!..

Ворона шмыгнула в свое гнездо, и Канарейка с ужасом увидела, что она принесла в когтях мертвого, окровавленного воробышка.

— Тетенька, что вы делаете?

— Молчи... — прошипела Ворона.

У ней глаза были страшные — так и светятся... Канарейка закрыла глаза от страха, чтобы не видать, как Ворона будет рвать несчастного воробышка.

«Ведь так она и меня когда-нибудь съест», — думала Канарейка.

Но Ворона, закусив, делалась каждый раз добрее. Вычистит нос, усядется поудобнее куда-нибудь на сук и сладко дремлет. Вообще, как заметила Канарейка, тетенька была страшно прожорлива и не брезгала ничем. То корочку хлеба тащит, то кусочек гнилого мяса, то какие-то объедки, которые разыскивала в помойных ямах. Последнее было любимым занятием Вороны, и Канарейка никак не могла понять, что за удовольствие копаться в помойной яме. Впрочем, и обвинять Ворону было трудно: она съедала каждый день столько, сколько не съели бы двадцать канареек. И вся забота у Вороны была только о еде... Усядется куда-нибудь на крышу и высматривает.

Когда Вороне было лень самой отыскивать пищу, она пускалась на хитрости. Увидит, что воробьи что-нибудь теребят, сейчас и бросится. Будто летит мимо, а сама орет во все горло:

— Ах, некогда мне... совсем некогда!..

Подлетит, сцапает добычу и была такова.

— Ведь это нехорошо, тетенька, отнимать у других, — заметила однажды возмущенная Канарейка.

— Нехорошо? А если я постоянно есть хочу?..

— И другие тоже хотят...

— Ну, другие сами о себе позаботятся. Это ведь вас, неженок, по клеткам всех кормят, а мы все сами должны добывать себе. Да и так, много ли тебе или воробью нужно?.. Поклевала зернышек, и сыта на целый день.

...Лето промелькнуло незаметно. Солнце сделалось точно холоднее, а день короче. Начались дожди, подул холодный ветер. Канарейка почувствовала себя самой несчастной птицей, особенно когда шел дождь. А Ворона точно ничего не замечает.

— Что же из того, что идет дождь? — удивлялась она. — Идет-идет — и перестанет.

— Да ведь холодно, тетенька! Ах, как холодно!..

Особенно скверно бывало по ночам. Мокрая Канарейка вся дрожала. А Ворона еще сердится:

— Вот неженка!.. То ли еще будет, когда ударит холод и пойдет снег.

Вороне делалось даже обидно. Какая же это птица, если и дождя, и ветра, и холода боится? Ведь так и жить нельзя на белом свете. Она опять стала сомневаться, что уж птица ли эта Канарейка. Наверно, только притворяется птицей...

— Право, я самая настоящая птица, тетенька! — уверяла Канарейка со слезами на глазах. — Только мне бывает холодно...

— То-то, смотри! А мне все кажется, что ты только притворяешься птицей...

— Нет, право, не притворяюсь.

Иногда Канарейка крепко задумывалась о своей судьбе. Пожалуй, лучше было бы оставаться в клетке... Там и тепло и сытно. Она даже несколько раз подлетала к тому окну, на котором стояла родная клетка. Там уже сидели две новые канарейки и завидовали ей.

— Ах, как холодно... — жалобно пищала зябнувшая Канарейка. — Пустите меня домой.

Раз утром, когда Канарейка выглянула из вороньего гнезда, ее поразила унылая картина: земля за ночь покрылась первым снегом, точно саваном. Все было кругом белое... А главное — снег покрыл все те зернышки, которыми питалась Канарейка. Оставалась рябина, но она не могла есть эту кислую ягоду. Ворона — та сидит, клюет рябину да похваливает:

— Ах, хороша ягода!..

Поголодав дня два, Канарейка пришла в отчаяние. Что же дальше-то будет?.. Этак можно и с голоду помереть...

Сидит Канарейка и горюет. А тут видит — прибежали в сад те самые школьники, которые бросали в Ворону камнем, разостлали на земле сетку, посыпали вкусного льняного семени и убежали.

— Да они совсем не злые, эти мальчики, — обрадовалась Канарейка, поглядывая на раскинутую сеть. — Тетенька, мальчики мне корму принесли.

— Хорош корм, нечего сказать! — заворчала Ворона. — Ты и не думай туда совать нос... Слышишь? Как только начнешь клевать зернышки, так и попадешь в сетку.

— А потом что будет?

— А потом опять в клетку посадят...

Взяло раздумье Канарейку: и поесть хочется, и в клетку не хочется. Конечно, и холодно и голодно, а все-таки на воле жить куда лучше, особенно когда не идет дождь.

Несколько дней крепилась Канарейка, но голод не тетка, — соблазнилась она приманкой и попалась в сетку.

— Батюшки, караул!.. — жалобно пищала она. — Никогда больше не буду... Лучше с голоду умереть, чем опять попасть в клетку.

Канарейке теперь казалось, что нет ничего лучше на свете, как воронье гнездо. Ну да, конечно, бывало и холодно и голодно, а все-таки — полная воля. Куда захотела, туда и полетела... Она даже заплакала. Вот придут мальчики и посадят ее опять в клетку. На ее счастье, летела мимо Ворона и увидела, что дело плохо.

— Ах ты глупая!.. — ворчала она. — Ведь я тебе говорила, что не трогай приманки.

— Тетенька, не буду больше...

Ворона прилетела вовремя. Мальчишки уже бежали, чтобы захватить добычу, но Ворона успела разорвать тонкую сетку, и Канарейка очутилась опять на свободе. Мальчишки долго гонялись за проклятой Вороной, бросали в нее палками и камнями и бранили.

— Ах, как хорошо! — радовалась Канарейка, очутившись опять в своем гнезде.

— То-то хорошо. Смотри у меня... — ворчала Ворона.

Зажила опять Канарейка в вороньем гнезде и больше не жаловалась ни на холод, ни на голод. Раз Ворона улетела на добычу, заночевала в поле, а вернулась домой — лежит Канарейка в гнезде ножками вверх. Сделала Ворона голову набок, посмотрела и сказала:

— Ну, ведь говорила я, что это не птица!..

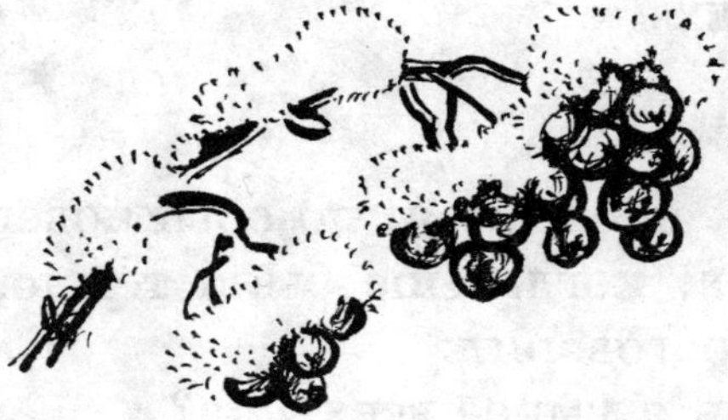

8

УМНЕЕ ВСЕХ

I

Индюк проснулся, по обыкновению, раньше других, когда еще было темно, разбудил жену и проговорил:

— Ведь я умнее всех? Да?

Индюшка спросонья долго кашляла и потом уже ответила:

— Ах, какой умный... Кхе-кхе!.. Кто же этого не знает? Кхе...

— Нет, ты говори прямо: умнее всех? Просто умных птиц достаточно, а умнее всех — одна, это я.

— Умнее всех... кхе! Всех умнее... Кхе-кхе-кхе!..

— То-то.

Индюк даже немного рассердился и прибавил таким тоном, чтобы слышали другие птицы:

— Знаешь, мне кажется, что меня мало уважают. Да, совсем мало.

— Нет, это тебе так кажется... Кхе-кхе! — успокаивала его Индюшка, начиная поправлять сбившиеся за ночь перышки. — Да, просто кажется... Птицы умнее тебя и не придумать. Кхе-кхе-кхе!

— А Гусак? О, я все понимаю... Положим, он прямо ничего не говорит, а больше все молчит. Но я чувствую, что он молча меня не уважает...

— А ты не обращай на него внимания. Не стоит... кхе! Ведь ты заметил, что Гусак глуповат?

— Кто же этого не видит? У него на лице написано: глупый гусак, и больше ничего. Да... Но Гусак еще ничего, — разве можно сердиться на глупую птицу? А вот Петух, простой самый Петух... Что он кричал про меня третьего дня? И еще как кричал — все соседи слышали. Он, кажется, назвал меня даже очень глупым... Что-то в этом роде вообще.

— Ах, какой ты странный, — удивлялась Индюшка. — Разве ты не знаешь, отчего он вообще кричит?

— Ну, отчего?

— Кхе-кхе-кхе... Очень просто, и всем известно. Ты — петух, и он — петух, только он совсем-совсем простой петух, самый обыкновенный петух, а ты — настоящий индейский, заморский петух, — вот он и кричит от зависти. Каждой птице хочется быть индейским петухом... Кхе-кхе-кхе!..

— Ну, это трудненько, матушка... Ха-ха!

Ишь чего захотели. Какой-нибудь простой петушишка — и вдруг хочет сделаться индейским, — нет, брат, шалишь!.. Никогда ему не бывать индейским.

Индюшка была такая скромная и добрая птица и постоянно огорчалась, что Индюк вечно с кем-нибудь ссорился. Вот и сегодня, не успел проснуться, а уж придумывает, с кем бы затеять ссору или даже и драку. Вообще самая беспокойная птица, хотя и не злая. Индюшке делалось немного обидно, когда другие птицы начинали подсмеиваться над Индюком и называли его болтуном, пустомелей и ломакой. Положим, отчасти они были и правы, но найдите птицу без недостатков! Вот то-то и есть! Таких птиц не бывает, и даже както приятнее, когда отыщешь в другой птице хотя самый маленький недостаток.

Проснувшиеся птицы высыпали из курятника на двор, и сразу поднялся отчаянный гвалт. Особенно шумели куры. Они бегали по двору, лезли к кухонному окну и неистово кричали:

— Ах-куда! Ах-куда-куда-куда... Мы есть хотим! Кухарка Матрена, должно быть, умерла и хочет уморить нас с голоду...

— Господа, имейте терпение, — заметил стоявший на одной ноге Гусак. — Смотрите на меня: я ведь тоже есть хочу, а не кричу, как вы. Если бы я заорал на всю глотку... вот так... Го-го!.. Или так: и-го-го-го!!

Гусак так отчаянно загоготал, что кухарка Матрена сразу проснулась.

— Хорошо ему говорить о терпении, — ворчала одна Утка, — вон какое горло, точно труба. А потом, если бы у меня были такая длинная шея и такой крепкий клюв, то и я тоже проповедовала бы терпение. Сама бы наелась скорее всех, а другим советовала бы терпеть... Знаем мы это гусиное терпение...

Утку поддержал Петух и крикнул:

— Да, хорошо Гусаку говорить о терпении... А кто у меня вчера два лучших пера вытащил из хвоста? Это даже неблагородно — хватать прямо за хвост. Положим, мы немного поссорились, и я хотел Гусаку проклевать голову — не отпираюсь, было такое намеренье, — но виноват я, а не мой хвост. Так я говорю, господа?

Голодные птицы, как голодные люди, делались несправедливыми именно потому, что были голодны.

II

Индюк из гордости никогда не бросался вместе с другими на корм, а терпеливо ждал, когда Матрена отгонит другую жадную птицу и позовет его. Так было и сейчас. Индюк гулял в стороне, около забора, и делал вид, что ищет что-то среди разного сора.

— Кхе-кхе... ах, как мне хочется кушать! — жаловалась Индюшка, вышагивая за мужем. — Вот уж Матрена бросила овса... да... и, кажется, остатки вчерашней каши... кхе-кхе! Ах, как я люблю кашу!.. Я, кажется, всегда бы ела одну кашу, целую жизнь. Я даже иногда вижу ее ночью во сне...

Индюшка любила пожаловаться, когда была голодна, и требовала, чтобы Индюк непременно ее жалел. Среди других птиц она походила на старушку: вечно горбилась, кашляла, ходила какой-то разбитой походкой, точно ноги приделаны были к ней только вчера.

— Да, хорошо и каши поесть, — соглашался с ней Индюк. — Но умная птица никогда не бросается на пищу. Так я говорю? Если меня хозяин не будет кормить, я умру с голода... так? А где же он найдет другого такого индюка?

— Другого такого нигде нет...

— Вот то-то... А каша, в сущности, пустяки. Да... Дело не в каше, а в Матрене. Так я говорю? Была бы Матрена, а каша будет. Все на свете зависит от одной Матрены — и овес, и каша, и крупа, и корочки хлеба.

Несмотря на все эти рассуждения, Индюк начинал испытывать муки голода. Потом ему сделалось совсем грустно, когда все другие птицы наелись, а Матрена не выходила, чтобы позвать его. А если она позабыла о нем? Ведь это и совсем скверная штука...

Но тут случилось нечто такое, что заставило Индюка позабыть даже о собственном голоде. Началось с того, что одна молоденькая Курочка, гулявшая около сарая, вдруг крикнула:

— Ах-куда!..

Все другие курицы сейчас же подхватили

и заорали благим матом: «Ах-куда! куда-куда...» А всех сильнее, конечно, заорал Петух:

— Карраул!.. Кто там?

Сбежавшиеся на крик птицы увидели совсем необыкновенную штуку. У самого сарая в ямке лежало что-то серое, круглое, покрытое сплошь острыми иглами.

— Да это простой камень, — заметил кто-то.

— Он шевелился, — объяснила Курочка. — Я тоже думала, что камень, подошла, а он как пошевелится... Право! Мне показалось, что у него есть глаза, а у камней глаз не бывает.

— Мало ли что может показаться со страха глупой курице, — заметил Индюк. — Может быть, это... это...

— Да это гриб! — крикнул Гусак. — Я видал точно такие грибы, только без игол.

Все громко рассмеялись над Гусаком.

— Скорее это походит на шапку, — попробовал кто-то догадаться и тоже был осмеян.

— Разве у шапки бывают глаза, господа?

— Тут нечего разговаривать попусту, а нужно действовать, — решил за всех Петух. — Эй ты, штука в иголках, сказывайся, что за зверь? Я ведь шутить не люблю... слышишь?

Так как ответа не было, то Петух счел себя оскорбленным и бросился на неизвестного обидчика. Он попробовал клюнуть раза два и сконфуженно отошел в сторону.

— Это... это громадная репейная шишка,

и больше ничего, — объяснил он. — Вкусного ничего нет... Не желает ли кто-нибудь попробовать?

Все болтали кому что приходило в голову. Догадкам и предположениям не было конца. Молчал один Индюк. Что же, пусть болтают другие, а он послушает чужие глупости.

Птицы долго галдели, кричали и спорили, пока кто-то не крикнул:

— Господа, что же это мы напрасно ломаем себе голову, когда у нас есть Индюк? Он все знает...

— Конечно, знаю, — отозвался Индюк, распуская хвост и надувая свою красную кишку на носу.

— А если знаешь, так скажи нам.

— А если я не хочу? Так, просто не хочу.

Все принялись упрашивать Индюка.

— Ведь ты у нас самая умная птица, Индюк! Ну, скажи, голубчик... Чего тебе стоит сказать?

Индюк долго ломался и наконец проговорил:

— Ну, хорошо, я, пожалуй, скажу... да, скажу. Только сначала вы скажите мне, за кого вы меня считаете?

— Кто же не знает, что ты самая умная птица!.. — ответили все хором. — Так и говорят: умен, как индюк.

— Значит, вы меня уважаете?

— Уважаем! Все уважаем!..

Индюк еще немного поломался, потом весь

распушился, надул кишку, обошел мудреного зверя три раза кругом и проговорил:

— Это... да... Хотите знать, что это?

— Хотим!.. Пожалуйста, не томи, а скажи скорее.

— Это — кто-то куда-то ползет...

Все только хотели рассмеяться, как послышалось хихиканье, и тоненький голосок сказал:

— Вот так самая умная птица!.. хи-хи...

Из-под игол показалась черненькая мордочка с двумя черными глазками, понюхала воздух и проговорила:

— Здравствуйте, господа... Да как же вы это Ежа-то не узнали, Ежа — серячка-мужичка?.. Ах, какой у вас смешной Индюк, извините меня, какой он... Как это вежливее сказать?.. Ну, глупый Индюк...

III

Всем сделалось даже страшно после такого оскорбления, какое нанес Еж Индюку. Конечно, Индюк сказал глупость, это верно, но из этого еще не следует, что Еж имеет право его оскорблять. Наконец, это просто невежливо: прийти в чужой дом и оскорбить хозяина. Как хотите, а Индюк все-таки важная, представительная птица и уж не чета какому-нибудь несчастному Ежу.

Все как-то разом перешли на сторону Индюка, и поднялся страшный гвалт.

— Вероятно, Еж и нас всех тоже считает глупыми! — кричал Петух, хлопая крыльями. — Он нас всех оскорбил!..

— Если кто глуп, так это он, то есть Еж, — заявлял Гусак, вытягивая шею.

— Я это сразу заметил... да!..

— Разве грибы могут быть глупыми? — отвечал Еж.

— Господа, что мы с ним напрасно разговариваем! — кричал Петух. — Все равно он ничего не поймет. Мне кажется, мы только напрасно теряем время. Да... Если, например, вы, Гусак, ухватите его за щетину вашим крепким клювом с одной стороны, а мы с Индюком уцепимся за его щетину с другой, — сейчас будет видно, кто умнее. Ведь ума не скроешь под глупой щетиной...

— Что же, я согласен... — заявил Гусак. — Еще будет лучше, если я вцеплюсь в его щетину сзади, а вы, Петух, будете его клевать прямо в морду... Так, господа? Кто умнее, сейчас и будет видно.

Индюк все время молчал. Сначала его ошеломила дерзость Ежа, и он не нашелся что ему ответить. Потом Индюк рассердился, так рассердился, что даже самому сделалось немного страшно. Ему хотелось броситься на грубияна и растерзать его на мелкие части, чтобы все это видели и еще раз убедились, какая серьезная и строгая птица Индюк. Он даже сделал несколько шагов к Ежу, страшно надулся и только хотел броситься, как все начали кричать и бранить Ежа. Индюк остановился и терпеливо начал ждать, чем все кончится.

Когда Петух предложил тащить Ежа за щетину в разные стороны, Индюк остановил его усердие:

— Позвольте, господа... Может быть, мы устроим все это дело миром... Да. Мне кажется, что тут есть маленькое недоразумение. Предоставьте, господа, мне все дело...

— Хорошо, мы подождем, — неохотно согласился Петух, желавший подраться с Ежом поскорее. — Только из этого все равно ничего не выйдет...

— А уж это мое дело, — спокойно ответил Индюк. — Да вот слушайте, как я буду разговаривать.

Все столпились кругом Ежа и начали ждать. Индюк обошел его кругом, откашлялся и сказал:

— Послушайте, господин Еж... Объяснимтесь серьезно. Я вообще не люблю домашних неприятностей.

«Боже, как он умен, как умен!..» — думала Индюшка, слушая мужа в немом восторге.

— Обратите внимание прежде всего на то, что вы в порядочном и благовоспитанном обществе, — продолжал Индюк. — Это что-нибудь значит... да... Многие считают за честь попасть к нам на двор, но — увы! — это редко кому удается.

— Правда! Правда!.. — послышались голоса. — Но это так, между нами, а главное не в этом...

Индюк остановился, помолчал для важности и потом уже продолжал:

— Да, так главное... Неужели вы думали,

что мы и понятия не имеем об ежах? Я не сомневаюсь, что Гусак, принявший вас за гриб, пошутил, и Петух — тоже, и другие... Не правда ли, господа?

— Совершенно справедливо, Индюк! — крикнули все разом так громко, что Еж спрятал свою черную мордочку.

«Ах, какой он умный!» — думала Индюшка, начинавшая догадываться, в чем дело.

— Как видите, господин Еж, мы все любим пошутить, — продолжал Индюк. — Я уж не говорю о себе... да. Отчего и не пошутить? И, как мне кажется, вы, господин Еж, тоже обладаете веселым характером...

— О, вы угадали, — признался Еж, опять выставляя мордочку. — У меня такой веселый характер, что я даже не могу спать по ночам... Многие этого не выносят, а мне скучно спать.

— Ну, вот видите... Вы, вероятно, сойдетесь характером с нашим Петухом, который горланит по ночам как сумасшедший.

Всем вдруг сделалось весело, точно каждому, для полноты жизни, только и недоставало Ежа. Индюк торжествовал, что так ловко выпутался из неловкого положения, когда Еж назвал его глупым и засмеялся прямо в лицо.

— Кстати, господин Еж, признайтесь, — заговорил Индюк, подмигнув, — ведь вы, конечно, пошутили, когда назвали давеча меня... да... ну, неумной птицей?

— Конечно, пошутил! — уверял Еж. — У меня уж такой характер веселый!..

— Да, да, я в этом был уверен. Слышали, господа? — спрашивал Индюк всех.

— Слышали... Кто же мог в этом сомневаться!

Индюк наклонился к самому уху Ежа и шепнул ему по секрету:

— Так и быть, я вам сообщу ужасную тайну... да... Только — условие: никому не рассказывать. Правда, мне немного совестно говорить о самом себе, но что поделаете, если я — самая умная птица! Меня это иногда даже немного стесняет, но шила в мешке не утаишь... Пожалуйста, только никому об этом ни слова!..

9

ПРИТЧА О МОЛОЧКЕ, ОВСЯНОЙ КАШКЕ И СЕРОМ КОТИШКЕ МУРКЕ

I

Как хотите, а это было удивительно! А удивительнее всего было то, что это повторялось каждый день. Да, как поставят на плиту в кухне горшочек с молоком и глиняную кастрюльку с овсяной кашкой, так и начнется. Сначала стоят как будто и ничего, а потом и начинается разговор:

— Я — Молочко...

— А я — овсяная Кашка...

Сначала разговор идет тихонько, шепотом, а потом Кашка и Молочко начинают постепенно горячиться.

— Я — Молочко!

— А я — овсяная Кашка!

Кашку прикрывали сверху глиняной крышкой, и она ворчала в своей кастрюле, как старушка. А когда начинала сердиться, то всплывал наверху пузырь, лопался и говорил:

— А я все-таки овсяная Кашка... пум!

Молочку это хвастовство казалось ужасно обидным. Скажите пожалуйста, какая невидаль — какая-то овсяная каша! Молочко начинало горячиться, поднималось пеной и старалось вылезти из своего горшочка. Чуть кухарка недосмотрит, глядит — Молочко и полилось на горячую плиту.

— Ах уж это мне Молочко! — жаловалась каждый раз кухарка. — Чуть-чуть недосмотришь — оно и убежит.

— Что же мне делать, если у меня такой вспыльчивый характер! — оправдывалось Молочко. — Я и само не радо, когда сержусь. А тут еще Кашка постоянно хвастается: я — Кашка, я — Кашка, я — Кашка... Сидит у себя в кастрюльке и ворчит; ну, я и рассержусь.

Дело иногда доходило до того, что и Кашка убегала из кастрюльки, несмотря на свою крышку, — так и поползет на плиту, а сама все повторяет:

— А я — Кашка! Кашка! Кашка... шшш!

Правда, что это случалось не часто, но все-таки случалось, и кухарка в отчаянии повторяла который раз:

— Уж эта мне Кашка!.. И что ей не сидится в кастрюльке, просто удивительно!..

II

Кухарка вообще довольно часто волновалась. Да и было достаточно разных причин для такого волнения... Например, чего стоил один кот Мурка! Заметьте, что это был очень красивый кот, и кухарка его очень любила. Каждое утро начиналось с того, что Мурка ходил по пятам за кухаркой и мяукал таким жалобным голосом, что, кажется, не выдержало бы каменное сердце.

— Вот-то ненасытная утроба! — удивлялась кухарка, отгоняя кота. — Сколько вчера ты одной печенки съел?

— Так ведь то было вчера! — удивлялся в свою очередь Мурка. — А сегодня я опять хочу есть... Мяу-у!..

— Ловил бы мышей и ел, лентяй.

— Да, хорошо это говорить, а попробовала бы сама поймать хоть одну мышь, — оправдывался Мурка. — Впрочем, кажется, я достаточно стараюсь... Например, на прошлой неделе кто поймал мышонка? А от кого у меня по всему носу царапина? Вот какую было крысу поймал, а она сама мне в нос вцепилась... Ведь это только легко говорить: лови мышей!

Наевшись печенки, Мурка усаживался где-нибудь у печки, где было потеплее, закрывал глаза и сладко дремал.

— Видишь, до чего наелся! — удивлялась кухарка. — И глаза зажмурил, лежебок... И все подавай ему мяса!

— Ведь я не монах, чтобы не есть мяса, — оправдывался Мурка, открывая всего один глаз. — Потом, я и рыбки люблю покушать... Даже очень приятно съесть рыбку. Я до сих пор не могу сказать, что лучше: печенка или рыба. Из вежливости я ем то и другое... Если бы я был человеком, то непременно был бы рыбаком или разносчиком, который нам носит печенку. Я кормил бы до отвала всех котов на свете и сам бы был всегда сыт...

Наевшись, Мурка любил заняться разными посторонними предметами, для собственного развлечения. Отчего, например, не посидеть часика два на окне, где висела клетка со скворцом? Очень приятно посмотреть, как прыгает глупая птица.

— Я тебя знаю, старый плут! — кричит Скворец сверху. — Нечего смотреть на меня...

— А если мне хочется познакомиться с тобой?

— Знаю я, как ты знакомишься... Кто недавно съел настоящего, живого воробышка? У, противный!..

— Нисколько не противный, и даже наоборот. Меня все любят... Иди ко мне, я сказочку расскажу.

— Ах, плут... Нечего сказать, хороший сказочник! Я видел, как ты рассказывал свои сказочки жареному цыпленку, которого стащил в кухне. Хорош!

— Как знаешь, а я для твоего же удовольствия говорю. Что касается жареного цыпленка, то я его действительно съел; но ведь он уже никуда все равно не годился.

III

Между прочим, Мурка каждое утро садился у топившейся плиты и терпеливо слушал, как ссорятся Молочко и Кашка. Он никак не мог понять, в чем тут дело, и только моргал.

— Я — Молочко.

— Я — Кашка! Кашка-Кашка-кашшшш...

— Нет, не понимаю! Решительно ничего не понимаю, — говорил Мурка. — Из-за чего сердятся? Например, если я буду повторять: я — кот, я — кот, кот, кот... разве кому-нибудь будет обидно?.. Нет, не понимаю... Впрочем, должен сознаться, что я предпочитаю молочко, особенно когда оно не сердится.

Как-то Молочко и Кашка особенно горячо ссорились; ссорились до того, что наполовину вылились на плиту, причем поднялся ужасный чад. Прибежала кухарка и только всплеснула руками.

— Ну, что я теперь буду делать? — жаловалась она, отставляя с плиты Молочко и Кашку. — Нельзя отвернуться...

Отставив Молочко и Кашку, кухарка ушла на рынок за провизией. Мурка этим сейчас же воспользовался. Он подсел к Молочку, подул на него и проговорил:

— Пожалуйста, не сердитесь, Молочко...

Молочко заметно начало успокаиваться. Мурка обошел его кругом, еще раз подул, расправил усы и проговорил совсем ласково:

— Вот что, господа... Ссориться вообще

нехорошо. Да. Выберите меня мировым судьей, и я сейчас же разберу ваше дело...

Сидевший в щели черный Таракан даже поперхнулся от смеха: «Вот так мировой судья... Ха-ха! Ах, старый плут, что только и придумает!..» Но Молочко и Кашка были рады, что их ссору наконец разберут. Они сами даже не умели рассказать, в чем дело и из-за чего они спорили.

— Хорошо, хорошо, я все разберу, — говорил кот Мурка. — Я уж не покривлю душой... Ну, начнем с Молочка.

Он обошел несколько раз горшочек с Молочком, попробовал его лапкой, подул на Молочко сверху и начал лакать.

— Батюшки! Караул! — закричал Таракан. — Он все молоко вылакает, а подумают на меня.

Когда вернулась с рынка кухарка и хватилась молока, горшочек был пуст. Кот Мурка спал у самой печки сладким сном как ни в чем не бывало.

— Ах ты, негодный! — бранила его кухарка, хватая за ухо. — Кто выпил молоко, сказывай?

Как ни было больно, но Мурка притворился, что ничего не понимает и не умеет говорить. Когда его выбросили за дверь, он встряхнулся, облизал помятую шерсть, расправил хвост и проговорил:

— Если бы я был кухаркой, так все коты с утра до ночи только бы и делали, что пили молоко. Впрочем, я не сержусь на свою кухарку, потому что она этого не понимает...

10

ПОРА СПАТЬ

I

Засыпает один глазок у Аленушки, засыпает другое ушко у Аленушки...

— Папа, ты здесь?

— Здесь, деточка...

— Знаешь что, папа... Я хочу быть царицей...

Заснула Аленушка и улыбается во сне.

Ах, как много цветов! И все они тоже улыбаются. Обступили кругом Аленушкину кроватку, шепчутся и смеются тоненькими голосками. Алые цветочки, синие цветочки, желтые цветочки, голубые, розовые, красные, белые, — точно на землю упала радуга и рассыпалась живыми искрами, разноцветными огоньками и веселыми детскими глазками.

— Аленушка хочет быть царицей! — весело звенели полевые Колокольчики, качаясь на тоненьких зеленых ножках.

— Ах, какая она смешная! — шептали скромные Незабудки.

— Господа, это дело нужно серьезно обсудить, — задорно вмешался желтый Одуванчик. — Я, по крайней мере, никак этого не ожидал...

— Что такое значит — быть царицей? — спрашивал синий полевой Василек. — Я вырос в поле и не понимаю ваших городских порядков.

— Очень просто... — вмешалась розовая Гвоздика. — Это так просто, что и объяснять не нужно. Царица — это... это... Вы все-таки ничего не понимаете? Ах, какие вы странные... Царица — это когда цветок розовый, как я. Другими словами: Аленушка хочет быть гвоздикой. Кажется, понятно?

Все весело засмеялись. Молчали только одни Розы. Они считали себя обиженными. Кто же не знает, что царица всех цветов — одна Роза, нежная, благоухающая, чудная? И вдруг какая-то Гвоздика называет себя царицей... Это ни на что не похоже. Наконец одна Роза рассердилась, сделалась совсем пунцовой и проговорила:

— Нет, извините. Аленушка хочет быть розой... да! Роза потому царица, что все ее любят.

— Вот это мило! — рассердился Одуванчик. — А за кого же в таком случае вы меня принимаете?

— Одуванчик, не сердитесь, пожалуйста, — уговаривали его лесные Колокольчики. — Это портит характер, и притом некрасиво. Вот мы — мы молчим о том, что Аленушка хочет быть лесным колокольчиком, потому что это ясно само собой.

II

Цветов было много, и они так смешно спорили. Полевые цветочки были такие скромные — как ландыши, фиалки, незабудки, колокольчики, васильки, полевая гвоздика; а цветы, выращенные в оранжереях, немного важничали — розы, тюльпаны, лилии, нарциссы, левкои, точно разодетые по-праздничному богатые дети. Аленушка больше любила скромные полевые цветочки, из которых делала букеты и плела веночки. Какие все они славные!

— Аленушка нас очень любит, — шептали Фиалки. — Ведь мы весной являемся первыми. Только снег стает — мы и тут.

— И мы тоже, — говорили Ландыши. — Мы тоже весенние цветочки... Мы неприхотливы и растем прямо в лесу.

— А чем же мы виноваты, что нам холодно расти прямо в поле? — жаловались душистые кудрявые Левкои и Гиацинты. — Мы здесь только гости, а наша родина далеко, там, где так тепло и совсем не бывает зимы. Ах, как там хорошо, и мы постоянно тоскуем по своей милой родине... У вас, на севере, так холодно. Нас Аленушка тоже любит, и даже очень...

— И у нас тоже хорошо, — спорили полевые цветы. — Конечно, бывает иногда очень холодно, но это здорово... А потом, холод убивает наших злейших врагов, как червячки, мошки и разные букашки. Если бы не холод, нам пришлось бы плохо.

— Мы тоже любим холод, — прибавили от себя Розы.

То же сказали Азалии и Камелии. Все они любили холод, когда набирали цвет.

— Вот что, господа, будемте рассказывать о своей родине, — предложил белый Нарцисс. — Это очень интересно... Аленушка нас послушает. Ведь она и нас любит...

Тут заговорили все разом. Розы со слезами вспоминали благословенные долины Шираза, Гиацинты — Палестину, Азалии — Америку, Лилии — Египет... Цветы собрались сюда со всех сторон света, и каждый мог рассказать так много. Больше всего цветов пришло с юга, где так много солнца и нет зимы. Как там хорошо!.. Да, вечное лето! Какие громадные деревья там растут, какие чудные птицы, сколько красавиц бабочек, похожих на летающие цветы, — и цветов, похожих на бабочек...

— Мы на севере только гости, нам холодно, — шептали все эти южные растения.

Родные полевые цветочки даже пожалели их. В самом деле, нужно иметь большое терпение, когда дует холодный северный ветер, льет холодный дождь и падает снег. Положим, весенний снежок скоро тает, но все-таки снег.

— У вас есть громадный недостаток, —

объяснил Василек, наслушавшись этих рассказов. — Не спорю, вы, пожалуй, красивее иногда нас, простых полевых цветочков, — я это охотно допускаю... да... Одним словом, вы — наши дорогие гости, а ваш главный недостаток в том, что вы растете только для богатых людей, а мы растем для всех. Мы гораздо добрее... Вот я, например, — меня вы увидите в руках у каждого деревенского ребенка. Сколько радости доставляю я всем бедным детям!.. За меня не нужно платить денег, а только стоит выйти в поле. Я расту вместе с пшеницей, рожью, овсом...

III

Аленушка слушала все, о чем рассказывали ей цветочки, и удивлялась. Ей ужасно захотелось посмотреть все самой, все те удивительные страны, о которых сейчас говорили.

— Если бы я была ласточкой, то сейчас же полетела бы, — проговорила она наконец. — Отчего у меня нет крылышек? Ах, как хорошо быть птичкой...

Она не успела еще договорить, как к ней подползла Божья Коровка, настоящая Божья Коровка, такая красненькая, с черными пятнышками, с черной головкой и такими тоненькими черными усиками и черными тоненькими ножками.

— Аленушка, полетим! — шепнула Божья Коровка, шевеля усиками.

— У меня нет крылышек, Божья Коровка!

— Садись на меня...

— Как же я сяду, когда ты маленькая?

— А вот, смотри...

Аленушка начала смотреть и удивлялась все больше и больше. Божья Коровка расправила верхние жесткие крылья и увеличилась вдвое, потом распустила тонкие, как паутина, нижние крылышки и сделалась еще больше. Она росла на глазах у Аленушки, пока не превратилась в большую-большую, в такую большую, что Аленушка могла свободно сесть к ней на спинку, между красными крылышками. Это было очень удобно.

— Тебе хорошо, Аленушка? — спрашивала Божья Коровка.

— Очень.

— Ну, держись теперь крепче...

В первое мгновение, когда они полетели, Аленушка даже закрыла глаза от страха. Ей показалось, что летит не она, а летит все под ней — города, леса, реки, горы. Потом ей начало казаться, что она сделалась такая маленькая-маленькая, с булавочную головку, и притом легкая, как пушинка с одуванчика. А Божья Коровка летела быстро-быстро, так, что только свистел воздух между крылышками.

— Смотри, что там внизу... — говорила ей Божья Коровка.

Аленушка посмотрела вниз и даже всплеснула ручонками.

— Ах, сколько роз... красные, желтые, белые, розовые!..

Земля была точно покрыта живым ковром из роз.

— Спустимся на землю, — просила она Божью Коровку.

Они спустились, причем Аленушка сделалась опять большой, какой была раньше, а Божья Коровка сделалась маленькой.

Аленушка долго бегала по розовому полю и нарвала громадный букет цветов. Какие они красивые, эти розы; и от их аромата кружится голова. Если бы все это розовое поле перенести туда, на север, где розы являются только дорогими гостями!..

— Ну, теперь летим дальше, — сказала Божья Коровка, расправляя свои крылышки.

Она опять сделалась большой-большой, а Аленушка — маленькой-маленькой.

IV

Они опять полетели.

Как было хорошо кругом! Небо было такое синее, а внизу еще синée — море. Они летели над крутым и скалистым берегом.

— Неужели мы полетим через море? — спрашивала Аленушка.

— Да... только сиди смирно и держись крепче.

Сначала Аленушке было даже страшно, а потом — ничего. Кроме неба и воды, ничего не осталось. А по морю неслись, как большие птицы с белыми крыльями, корабли... Маленькие суда походили на мух. Ах, как красиво, как хорошо!.. А впереди уже виднеется морской берег — низкий, желтый и песчаный, устье какой-то громадной реки, какой-то совсем белый город, точно он выстроен из сахара. А дальше виднелась мертвая пустыня, где стояли одни пирамиды.

Божья Коровка опустилась на берегу реки. Здесь росли зеленые папирусы и лилии, чудные, нежные лилии.

— Как хорошо здесь у вас, — заговорила с ними Аленушка. — Это у вас не бывает зимы?

— А что такое зима? — удивлялись Лилии.

— Зима — это когда идет снег...

— А что такое снег?

Лилии даже засмеялись. Они думали, что маленькая северная девочка шутит над ними. Правда, что с севера каждую осень прилетали сюда громадные стаи птиц и тоже рассказывали о зиме, но сами они ее не видали, а говорили с чужих слов. Аленушка тоже не верила, что не бывает зимы. Значит, и шубки не нужно и валенок?

Полетели дальше. Но Аленушка больше не удивлялась ни синему морю, ни горам, ни обожженной солнцем пустыне, где росли гиацинты.

— Мне жарко... — жаловалась она. — Знаешь, Божья Коровка, это даже нехорошо, когда стоит вечное лето.

— Кто как привык, Аленушка.

Они летели к высоким горам, на вершинах которых лежал вечный снег. Здесь было не так жарко. За горами начались непроходимые леса. Под сводом деревьев было темно, потому что солнечный свет не проникал сюда сквозь густые вершины деревьев. По ветвям прыгали обезьяны. А сколько было птиц — зеленых, красных, желтых, синих... Но всего удивительнее были цветы, выросшие прямо на древесных стволах. Были цветы совсем огненного цвета, были пестрые; были цветы, походившие на маленьких птичек и на больших бабочек, — весь лес точно горел разноцветными живыми огоньками.

— Это — орхидеи, — объяснила Божья Коровка.

Ходить здесь было невозможно — так все переплелось.

Они полетели дальше. Вот разлилась среди зеленых берегов громадная река. Божья Коровка опустилась прямо на большой белый цветок, росший в воде. Таких больших цветов Аленушка еще не видала.

— Это — священный цветок, — объяснила Божья Коровка. — Он называется лотосом...

V

Аленушка так много видела, что наконец устала. Ей захотелось домой: все-таки дома лучше.

— Я люблю снежок, — говорила Аленушка. — Без зимы нехорошо...

Они опять полетели, и чем поднимались выше, тем делалось холоднее. Скоро внизу показались снежные поляны. Зеленел только один хвойный лес. Аленушка ужасно обрадовалась, когда увидела первую елочку.

— Елочка, елочка! — крикнула она.

— Здравствуй, Аленушка! — крикнула ей снизу зеленая Елочка.

Это была настоящая рождественская елочка, — Аленушка сразу ее узнала. Ах, какая милая елочка!.. Аленушка наклонилась, чтобы сказать ей, какая она милая, и вдруг полетела вниз. Ух, как страшно!.. Она перевернулась несколько раз в воздухе и упала прямо в мягкий снег. Со страха Аленушка закрыла глаза и не знала, жива ли она или умерла.

— Ты это как сюда попала, крошка? — спросил ее кто-то.

Аленушка открыла глаза и увидела седого-седого, сгорбленного старика. Она его тоже узнала сразу. Это был тот самый старик, который приносит умным деткам святочные елки, золотые звезды, коробочки с бомбошками и самые удивительные игрушки. О, он такой добрый, этот старик!.. Он сейчас же взял ее на руки, прикрыл своей шубой и опять спросил:

— Как ты сюда попала, маленькая девочка?

— Я путешествовала на Божьей Коровке... Ах, сколько я видела, дедушка!..

— Так, так...

— А я тебя знаю, дедушка! Ты приносишь деткам елки...

— Так, так... И сейчас я устраиваю тоже елку.

Он показал ей длинный шест, который совсем уж не походил на елку.

— Какая же это елка, дедушка? Это просто большая палка...

— А вот увидишь...

Старик понес Аленушку в маленькую деревушку, совсем засыпанную снегом. Выставлялись из-под снега одни крыши да трубы. Старика уже ждали деревенские дети. Они прыгали и кричали:

— Елка! Елка!..

Они пришли к первой избе. Старик достал необмолоченный сноп овса, привязал его к концу шеста, а шест поднял на крышу. Сейчас же налетели со всех сторон маленькие птички, которые на зиму никуда не улетают: воробышки, кузьки, овсянки, — и принялись клевать зерно.

— Это наша елка! — кричали они.

Аленушке вдруг сделалось очень весело. Она в первый раз видела, как устраивают елку для птичек зимой. Ах, как весело!.. Ах, какой добрый старичок! Один воробышек, суетившийся больше всех, сразу узнал Аленушку и крикнул:

— Да ведь это Аленушка! Я ее отлично знаю... Она меня не один раз кормила крошками. Да...

И другие воробышки тоже узнали ее и страшно запищали от радости.

Прилетел еще один воробей, оказавшийся

страшным забиякой. Он начал всех расталкивать и выхватывать лучшие зерна. Это был тот самый воробей, который дрался с ершом. Аленушка его узнала.

— Здравствуй, воробышек!..

— Ах, это ты, Аленушка? Здравствуй!..

Забияка воробей попрыгал на одной ножке, лукаво подмигнул одним глазом и сказал доброму святочному старику:

— А ведь она, Аленушка, хочет быть царицей... Да, я давеча слышал сам, как она это говорила.

— Ты хочешь быть царицей, крошка? — спросил старик.

— Очень хочу, дедушка!

— Отлично. Нет ничего проще: всякая царица — женщина, и всякая женщина — царица... Теперь ступай домой и скажи это всем другим маленьким девочкам.

Божья Коровка была рада убраться поскорее отсюда, пока какой-нибудь озорник воробей не съел. Они полетели домой быстро-быстро... А там уж ждут Аленушку все цветочки. Они все время спорили о том, что такое царица.

Баю-баю-баю...

Один глазок у Аленушки спит, другой — смотрит; одно ушко у Аленушки спит, другое — слушает. Все теперь собрались около Аленушкиной кроватки: и храбрый Заяц, и Медведко, и забияка Петух, и Воробей, и Воронушка — черная головушка, и Ерш Ершович, и маленькая-маленькая Козявочка. Все тут, все у Аленушки.

— Папа, я всех люблю... — шепчет Аленушка. — Я и черных тараканов, папа, люблю...

Закрылся другой глазок, заснуло другое ушко... А около Аленушкиной кроватки зеленеет весело весенняя травка, улыбаются цветочки — много цветочков: голубые, розовые, желтые, синие, красные. Наклонилась над самой кроваткой зеленая березка и шепчет что-то так ласково-ласково. И солнышко светит, и песочек желтеет, и зовет к себе Аленушку синяя морская волна...

— Спи, Аленушка! Набирайся силушки...

Баю-баю-баю...

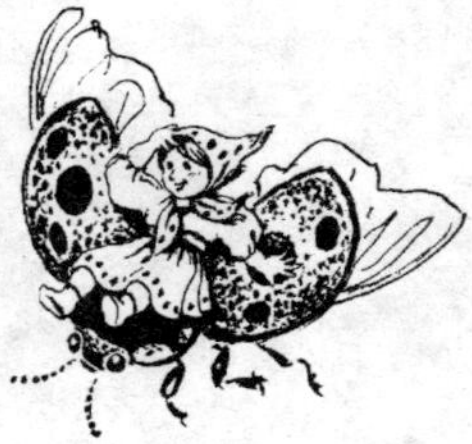

СОДЕРЖАНИЕ

Литературно-художественное издание

СЕРИЯ «ШКОЛЬНАЯ БИБЛИОТЕКА»

Мамин-Сибиряк Дмитрий Наркисович

АЛЕНУШКИНЫ СКАЗКИ

Рассказы и сказки

Ответственный редактор
Н. Е. Дубань

Художественный редактор
Е. М. Ларская

Технический редактор
Н. Ю. Крапоткина

Корректор
В. В. Борисова

Компьютерный дизайн и верстка
И. Г. Лебидько

Подписано в печать с готовых диапозитивов 22.09.10.
Формат 84х108 1/32. Бумага офсетная № 1. Шрифт «Школьный».
Печать офсетная. Усл. печ. л. 14,28. Уч.-изд. л. 9,5.
Тираж 5000 экз. Заказ № 4478.

Орденов Трудового Красного Знамени и Дружбы народов
ОАО «Издательство «Детская литература».
125319, Москва, ул. Черняховского, 4
www. detlit.ru

Отпечатано в полном соответствии с качеством предоставленных издательством
материалов в ОАО «Тверской ордена Трудового Красного Знамени
полиграфкомбинат детской литературы им. 50-летия СССР».
170040, г. Тверь, проспект 50 лет Октября, 46.